诗
想
者

H I P O E M

诗想者·读经典

Biexiang Tiaoguo Zhexie Shu

别想跳过这些书

赵瑜 著

GUANGXI NORMAL UNIVERSITY PRESS
广西师范大学出版社
·桂林·

图书在版编目（CIP）数据

别想跳过这些书 / 赵瑜著. —桂林：广西师范大学出版社，
2019.6（2019.10 重印）
（诗想者·读经典）
ISBN 978-7-5598-1753-2

Ⅰ . ①别… Ⅱ . ①赵… Ⅲ . ①随笔－作品集－中国－当代
Ⅳ . ①I267.1

中国版本图书馆 CIP 数据核字（2019）第 076272 号

广西师范大学出版社出版发行

（广西桂林市五里店路 9 号　邮政编码：541004　）
网址：http://www.bbtpress.com
出版人：张艺兵
全国新华书店经销
广西广大印务有限责任公司印刷
（桂林市临桂区秧塘工业园西城大道北侧广西师范大学出版社
集团有限公司创意产业园内　邮政编码：541199）
开本：889 mm × 1 194 mm　1/32
印张：7　　字数：160 千字
2019 年 6 月第 1 版　　2019 年 10 月第 2 次印刷
定价：49.00 元

缘 起

经典作品总是常读常新，其魅力不会因为时间的流逝而削弱。阅读经典，不仅能拓宽我们的知识面、开阔视野、增强思想的深度，更重要的是，经典作品能够延展我们生命的维度和情感的纵深，让我们度过一个更有意义的人生。因此，任何一种经典，都值得我们穷尽一生去阅读，去领会，去思索。

作为"诗想者"品牌重要组成部分的"读经典"书系，以对文学艺术领域的经典作品、代表性人物的感受和介绍为主。所选作者，多为具有突出的创作成就的作家，他们对经典作品的感悟、解读、生发、指谬，对人物的颂扬与批评，对"伪经典"的批判，均秉承"绘天才精神肖像，传大师旷世之音"的宗旨。在行文造句中，力求简洁、随和、朴实，不佶屈聱牙、凌空蹈虚。

做书不易，"诗想者"坚持只出版具有独特性与高品质的文学图书，更是充满孤独与艰辛，但对文学的这一份热爱，值得我们不断努力。"读经典"书系既是对古今中外杰出作家与作品的致敬，也是对真诚而亲切的读者的回报，同时，我们也期望通过这一系列图书，为建设书香社会尽绵薄之力。

广西师范大学出版社

2018 年 9 月

目 录

▲ 上 部

▼　下　部

附　录

后　记

▲

上
部

胶片相机爱好者

雷蒙德·卡佛是个酒鬼，所以，他的小说里，男人也多是酒鬼。

我相信，一个酒鬼所看到的世界和平常人所理解的世界是不同的。醉酒之后的世界变得跳跃和不确定，说过的话已经忘记，爱过的人粘连成糖块。最为浓烈的感情化成悲伤，最为快乐的时间缩短成一个梦境。

所以，当卡佛的文字引起全世界关注的时候，大家发现，有一个人所关注的世界和我们的日常生活不同，我们一定会感觉惊讶。卡佛的文字将我们的日常生活片段化，将日常生活的整体性打碎。他就像一个摄影师。

《当我们谈论爱情时我们在谈论什么》是卡佛第一部引起世界关注的小说集，这本书 1981

《当我们谈论爱情时我们在谈论什么》
〔美〕雷蒙德·卡佛著，小二译

年便在美国出版，卡佛的小说句式以及结构方式，曾经成为一个华丽的技术流派，影响了一大批小说家的写作。当时，美国的很多杂志编辑都被卡佛式的写作搞到崩溃，但是，卡佛并没有被这些模仿者淹没，反而走得更远。

我喜欢卡佛在小说文本里的那种漫不经心的放松，他并没有把自己当作小说家，他一点也不打算让你在他的讲述中感动。他不是一个紧张的人，他只是一个普通不过的摄影师，看到他喜欢的生活截面，摁下快门，如此而已。

自然，卡佛并不是数码相机爱好者，他的表达有所选择，而不是连续拍摄。他像用一个古董胶片照相机来拍摄生活。有一篇小说可以表达卡佛写作的基本理念，那篇小说的名字叫作《取景框》。小说不介绍任何人物的背景，一个丢了双手却靠给别人家房子拍照片为生的人敲开了"我"的门。人物开始对话，那些话简直不痛不痒。但当"我"看到照片中若隐若现的自己时，才发现，原来照片所记录下来的场景，甚至视角，对于"我"来说，都是陌生的。所以，"我"有了很大的兴趣，决定多拍一些照片。

这何尝不是卡佛进行"卡佛式"写作的一个动因，当他第一天醉酒后，将自己所怀疑或者喜欢的一些片段进行描述，第二天醒来才发现，原来生活中的磁场有极大的变化，只是因为我们置身其中，没有旁观的能力。但是醉酒是一个好的契机，给了他写作的参照。

卡佛有一个较为底层的职业史，在他的个人简历中，他如数列出了他的工作，他骄傲于他的个人史：当过加油工人、清洁工、看门人，替人摘过郁金香。

这些工作让他有了别样的人生视角，所以，他的小说总会给我们提供新鲜的体验。

在《你们为什么不跳个舞》里，他没有介绍小说人物的任何背景，但是，看得出，那是一个被生活挤压的人，他已经破产了。看到这篇小说，我们不得不想到作者本人，他也是因为酗酒而破产。然而，这个短篇里，他作为一个小说家，将一个繁杂而拥挤的生活从中间的某一个角度切开，给我们呈现了一个生活的片段。之前有什么样的情节，是空白，之后会有什么样的故事发生，卡佛才不去管。他这种大面积留白的做法，让评论家们欣喜若狂，认为卡佛是故意设置小说阅读障碍，并将之命名为"极简主义"。

评论家们的修辞并没有错，其实，作为小说家的卡佛不可能在写作一个东西的时候想这么多，他不过是像《取景框》里的"我"一样，突然发现了观察生活的另外一个角度。

他想用自己的笔将这样的风景固定下来，告诉别人，我们在大场景的生活中，极容易丢失自己，还是将自己同这些宏大的生活场域隔离开，回到自己的片段里。

《当我们谈论爱情时我们在谈论什么》这部作品集里呈现了一个社会的多个层面，读完以后，你会发现，你像进入一个社会纪实摄影的展览中。卡佛只用他的古老的胶片照相机截取了生活的一瞬，《洗澡》中住在医院的孩子变得如何了，不知道，因为照相机没有拍到。《告诉女人们我们出去一趟》中杀人后的杰瑞会不会被刑事处决，也是空白。因为卡佛的照相机只拍到这里，剩下的事情，留给时间来解决吧。

　　阅读卡佛时，我常常想，会不会喝一些酒会更好。因为，酒水中所酝酿的情绪，更接近卡佛的本意。

谁写出了孤独感，谁就是王者

孤独感，每一个故事，都铺满了孤独感。哪怕是温暖的《夏日里的最后一天》。

有一天晚上，我被伊恩·麦克尤恩的繁复华丽的叙事用词打击，厌烦了他，将正在阅读的《与橱中人的对话》停下来。作为一个小说爱好者，我被麦克尤恩的这种饱满感激怒了。他丝毫不掩饰自己的才华，不论是想象力还是语言，都那么饱满。这让人感觉轻薄。

然而，翻一下余华的推荐或作品的简介，便可知道，麦克尤恩出版这部《最初的爱情，最后的仪式》时只有27岁。

27岁，多么年轻啊。这个年纪，正是浓郁表达的最好时机，对自己的以后有多种方向的

《最初的爱情，最后的仪式》
〔英〕伊恩·麦克尤恩著，潘帕译

设计，阅读麦克尤恩的这部小说集，我们的确看到了不同的方向。《立体几何》是一个撕开我们局限的作品，想象力和虚构能力让麦克尤恩的小说有了翅膀，写作者麦克尤恩用虚构的能力在小说行进中不时地逃离叙述现场，修改自己的叙述局限，不时地打破正在行进的叙述，然后有了出人意料的结局。

《家庭制造》描述一个背叛日常生活的少年，尽管这部小说的主题落在了少年对性的好奇，但大量的情节都是描述一个孩子在被规范的成长中，时时想背叛现实生活的冲动。叙述者麦克尤恩不时将自己的真实想法放到那个冒犯生活的少年人身上，又不时地将被规范后的自己的想法放在孩子的面前。成长意味着将本来可能真实的逻辑模糊，慢慢进入庸常生活的秩序中。

我最喜欢《夏日里的最后一天》，这也是全书最为温暖的故事。尽管故事的结局让人悲伤，但在故事的行进中，麦克尤恩第一次用欢喜的表情靠近日常生活，觉得生活中的孤独感可以被温暖的他者所消解。

麦克尤恩的舞蹈总能给阅读者留下深刻印象，这源自他独特的视角。《蝴蝶》是一个平淡的故事，一个被社会漠视的人，无法排遣潜藏在内心的孤独感，他厌倦自己的现状，不能容忍这种与社会格格不入的疏离感，试图融化一下自己。然而，却成了杀人犯。这篇小说几乎不承担文学以外的身份和道德，麦克尤恩将视角停在杀人者本人，阅读完这个杀人的故事，你会感觉到一股难以言说的孤独感。没有憎恨，麦克尤恩用自己的文学才能消解了我们对残酷结局的愤怒，这需要多么宽阔的内心储备。麦克尤恩做到了，他打破了我们二元对立的思维，用近乎舞蹈的方式演绎了一段悲伤的故事。

《与橱中人的对话》是我分三次阅读完的。看完以后，我陷入自己悲伤的过往中。生活中，我们每一个人都经历过无数个令人自卑甚至无力的片段。这些片段被麦克尤恩全部抓住，拼凑在一起，便成了这篇小说。这篇小说的构思精巧无比，一个有智力障碍的孩子，到了17岁还只有几岁孩子的智商。他并不认为自己的残疾是自己的错误，而是归罪于母亲，他是这样揣测母亲的："她精神有点问题，你知道，这是我问题的源头。她就想要孩子，可又不愿意考虑再婚，所以只有我一个；我必须充当她憧憬过的所有孩子。她努力阻止我长大，很长一段时间里她做到了。你知道吗，我到18岁才学会正常说话。我没上过学，她让我待家里，说学校是个野地方。她白天晚上都抱着我……"这段叙述是肯定的语态，如果不读下面的情节，差不多我们可以肯定母亲是个精神病人，然而，很快我们便发现，事情并不是这样。而是孩子的确有智力障碍。然而，这个孩子在18岁以后遇到了一个大困难，那就是，他必须为母亲的幸福出走，母亲有了新的恋人。故事从此展开，一个有智力障碍的孩子在社会上，他会有什么样的境遇呢，随时都可以预测到，他会遇到悲伤。作为一个阅读者，我对悲伤的到来充满了期待。我相信麦克尤恩的叙事能力，又被他的文本击中，在阅读中打开了自己的内心。我知道，小说中的人物距离现实中衣着光鲜的我很远，但我依然看到内心藏着的另一个有智力障碍的我。这种打开让我孤独，不是同情小说中的人物，而是同情自己的过往。这真不是矫情，而是真诚地融化。

孤独感，是麦克尤恩在 30 岁之前遇到的前所未有的难题。他用不同的角度来刻摹这些内心感受。他笔下的孩子差不多都是他从生活中挑选出来的另类，这些孩子有着神性的智慧和狡黠。他们或者成为蝴蝶，飞走了，或者成为河流里的鱼，游远了。

这真让人悲伤。

她在小说里杀光了她笔下的人

　　我去参加《好人难寻》的中译本新书发布会，我喜欢这本书的名字。我觉得，这本书在现下出版，简直有哲学意味。自然，喜欢这本书，和我喜欢这本书的策划人瓦当兄有关，他总有与众不同的目光，他对弗兰纳里·奥康纳的热爱，使他觉得，他必须与我们一起分享这个女作家的作品。

　　奥康纳进入中国，贴了一个"邪恶"标签。这是著名作家马原找到的标签，新书发布会那天，他又一次重复了这一看法。

　　奥康纳的"邪恶"更多地排列在她的文本里对人性阴暗的展览，她丝毫也不夸饰自己的柔软，作为一个养孔雀的女人，她观察生活的视角几乎停留在狭窄的暗处，然而，这给了她

《好人难寻》
〔美〕弗兰纳里·奥康纳著，於梅译

无比强大的想象力。不论是《好人难寻》里被枪杀的老太太，还是《河》中溺水的贝富尔，她丝毫不滥用自己的温暖，她几乎刻意将他们推进命运的绝境，并在写作中找到快感。

这的确有些邪恶。然而，这比起虚构的让人生厌的没有来由的浓情蜜意更让人感动，人性的层次怎么可能那么单纯，阴暗的灰尘附着在生命的各个软体上，让我们显得生动而深刻。如果单纯将这些灰尘去掉，只剩下虚伪的善意，单一的审美，那么，这样的文字只能给低幼孩童来看。

尽管已经看到大量的关于"邪恶"的宣传词，但真正进入奥康纳的文本时，我还是被《好人难寻》这个短篇惊呆了，我觉得小说在奥康纳这里有了新的功用，它不再是结构精巧的叙述，更不是承担意义、挖掘人性的审美文字。它只不过是奥康纳对记忆或者社会生活的一个片段的截取，奥康纳唯一做了的，是她叙述的冷静，她几乎不往小说文本里加入任何对人性温暖的猜测。

"邪恶"的奥康纳，大约由此得名。

然而，翻看《好人难寻》这本书的其他篇目，我们马上会被奥康纳的孩子气打动。除了"邪恶"的一面，奥康纳更多的是孩子气的幽默。

在这部小说集里，我最喜欢的篇目是《善良的乡下人》。我看了一下奥康纳的年表，获悉这是奥康纳30岁那年完成的作品，那一年她身体并不好，然而内心生活充实而满足。现在来翻阅《善良的乡下人》，几乎所有的片段都是经典。在这个短篇里，奥康纳创造了经典的人物、适合流传的人物对话以及孩子气的叙述语气。

她的孩子气表现在她是一个纠结的人，大约她自己小时候被起过另外的名字，所以，她在多部小说里给主人公起另外的名字。《善良的乡下人》中的乔伊，她是一个热爱读哲学书的残疾女性，就身体的状况来说，这有些自况——乔伊在故事里坚决将自己的名字改为"胡尔加"。然而，改了名字的乔伊又并不喜欢别人叫她胡尔加，觉得这个名字是自己的一个隐私，她只是想多一个隐私，想独自享用这个隐私。她的这种心态真是孩子气。

然而，让我们不得不暗暗发笑的是，这个孩子气的姑娘乔伊天天翻的书是哲学书，她相信无神论，热爱用铅笔在一本哲学书上画线，线上的句子通通指向虚无。

乔伊的母亲霍普韦尔太太是一个热爱说经典话语的人，比如她热爱说的三句话分别是："世无完人""生活就是如此嘛""别人也有别人的想法嘛"。然而，当她对自己家的保姆弗雷曼太太说出这些话的时候，好笑的事情发生了，弗雷曼太太会马上说出一句这样的话来："我也一直这么说来着。"

《善良的乡下人》有着奥康纳一贯的"邪恶"，因为，她安排了一个并不善良的小说结尾。然而，故事行进中的孩子气已经足够我们赞美她。

乔伊的母亲第一次见到那个推销《圣经》的乡下人说："善

良的乡下人，是这个世界的盐。"然而，小说的结局却并不是这样，偏执的奥康纳终于达到了她"邪恶"的目的：她绝不美化这个世界，因为这个世界对于她来说，是充满了邪恶的。这个世界给了她美好的才华，却没有给她健康的身体。

在《好人难寻》的中译本新书发布会上，作家马原又一次说出了奥康纳对小说的贡献——她让所有写小说的人大吃一惊，当其他小说家都挖空心思讲故事的时候，奥康纳用自己的方式完全解构了小说的日常意义，她重新建构出小说新的可能。

"邪恶"的奥康纳来了，其实，孩子气的奥康纳，也来了。我们欢迎她。

一个无耻之徒的供词

阅读太宰治，总觉得他个人的故事比作品还要精彩，当然，他的作品也多是自传，《人间失格》几乎完全"抄袭"自己的经历。

太宰治是个什么样的人呢？不过是一个纨绔子弟，14 岁时因父亲去世而突然扑向文学。18 岁时喜欢妓院里的一个姑娘，开始了他的堕落史。21 岁的时候，和一个酒吧女田边相爱，并相约殉情，结果导致田边死亡，而他被救起，并被起诉。26 岁的时候自杀未遂，那一年，他的一部作品入围芥川奖，他的一位老师佐藤春夫是芥川奖的评委。太宰治一次又一次地给老师写信，十分赤裸地索要奖项。然而，却最终没有得奖，失望的太宰治便写了一部短篇小说，大骂老师。

《人间失格》
〔日〕太宰治著，许时嘉译

后来的故事更有喜剧感，比如他和三岛由纪夫的对骂，三岛近乎苛刻地说，我不喜欢太宰治的那张脸。然而，看过太宰治照片的人都知道，太宰治正如他自传小说里所描述的，形象颇好。后来，熟悉太宰治和三岛由纪夫的大江健三郎出来调和，说："虽然三岛由纪夫讨厌太宰治，可我觉得三岛由纪夫的文章本身就很像太宰治的文章。我觉得这两个人的作品里都有很多警句，有的地方是用警句替代描写。尽管我觉得很滑稽，但是不得不说，三岛由纪夫是用太宰治的文体来写东西的。"

如此八卦太宰治的身世，是觉得这个人生活在一个陌生的国度。

《人间失格》是太宰治生前最后一部作品，完成这部作品时，他才39岁，他想用行为艺术的方式让整个文学史记住他，于是纵身一跳，死在水里。

《人间失格》不是太宰治最好的作品，却是离他个人史最近的一部作品，他在这部小说里打捞了自己的所有往事，再现了童年时的敏感。那是一种敏感而卑下的乡村生活史，我被他捕捉生活的敏感打动，他写他的恶作剧，写他的内向，写他不愿意被庸常的生活忽略，在学校里，他故意出错，以逗大家并获得嘲笑。比如在体育课上，他其实完全可以稳稳地抓住双杠，可是，轮到他时，他故意失手，重重地摔在沙地上，同学们笑得前仰后合，他呢，则找到了生命的存在感。然后，让他感觉郁闷的是，有一个同学在他旁边，一眼看穿了他，知道他是故意的，于是当着他的面戳穿了他，说他是假装的、故意的。一时间，他窘迫极了，接下来的日子，他一边继续表演滑稽给大家看，一边注意着那个同学是不是又在观察他，是不是传播了他的坏话，甚至，他还设想着，对方如果死了，就没有人能识破他的意图了。

这种敏感而阴暗的想法，等长到一定年纪，便变化成堕落的理由。

他 18 岁的时候迷恋上妓女，那一定是他人生的一个转折点，感情的柔软本来可以治疗他的孤独，然而，他并没有珍惜。而是往更为荒诞的人生跋涉，殉情未遂之后，他终于过了一阵子稳定的情感生活，但他很快便不安于现状，他喜欢醉酒，并借自己的模样吃不同女人的软饭，这些都让他清晰的自尊在下滑中一点点模糊。

人格的模糊导致了他更加放荡不羁。这也许就是后来的三岛由纪夫骂他的内容："第三讨厌这个人扮演不适合自己的角色。"

在日本，太宰治以他堕落和无赖的形象成为一代作家的偶像，畅销书出版商在他的书上打出的宣传语是：可以不读村上春树，但一定要读太宰治。

这说明了日本文学传统中存在的颓废风尚，他们的文学传统中总有一种超越日常的虚幻感，他们自杀，不仅仅是一种颓废，而是想在最美好的时候突然谢幕，这和中国传统的观念殊为有异。

在日本，不论是太宰治还是三岛由纪夫，他们都是家庭的敌人。他们均宣称，家庭幸福是文学的敌人，太宰治更是深谙这一点。

他刻意地堕落，直到彻底丧失了人格，还不忘记在临死前做一下自我批判，他不接受别人的批判，这个敏感的人，终于成为一代文学大师，代价是，他跳进了一湖水里，用生命刷出了"存在感"。

我们的悲伤从九岁开始

我觉得这部《沉溺》的装帧设计颇合迪亚斯文本的原味，淡灰色的封面像水龙头，流进内容里，洇湿每一个故事。灰色，以及一个少年的孤独，会让人无端地想起一个中国女性，在 20 世纪 20 年代末的中国阁楼里孤独着，她叫张爱玲。

灰色的童年会催生一个作家，九岁之前，胡诺特·迪亚斯没有见过父亲，父亲是一张又一张照片，或者在母亲的诅咒里，前面的修饰词总让年幼的迪亚斯疑惑。生于 1968 年的胡诺特·迪亚斯是一个有着浓重乡愁的写作者，他晕车、胆小，甚至好色，很早熟。

九岁，是胡诺特·迪亚斯一个重要的记忆

《沉溺》
〔美〕胡诺特·迪亚斯著，潘帕译

节点，他在不同的作品里都特别写到。《沉溺》的开篇《伊斯莱尔》，是写作者的一段乡村生活记忆，散文一样的写作样式。开始的一段他便写了他的年纪："……那年夏天我九岁，哥哥十二岁，是他想去看伊斯莱尔……"在小说《坚持》的开头作者写道："我生命的头九年中，是没有父亲的。"在这篇小说里，作者交代了父亲在他九岁那年接他们到了美国。

在小说里，九岁的作者化名为尤尼尔，和哥哥拉法去走亲戚，骚扰同龄的女孩子，还走很远的路，去看一个没有脸的孩子。

《沉溺》就是这样一部以一个孩子的视角来观察世相的小说，以一个家庭的故事来反观整个移民生活的文本。阅读这本书，我不自觉地会联想起奈保尔的《米格尔街》，又或者麦克尤恩的《最初的爱情，最后的仪式》。如果从形式上来比较，这部小说集更像是一部排错了顺序的《米格尔街》。

《伊斯莱尔》是一篇暑假生活记事，我比较喜欢这种小说的结构，有着卡佛小说的漫不经心和局部感。作者在这篇小说里并不完整地交代故事发生之前的"片头"，也不交代故事结束以后的走向。只是将他的暑假生活截取了一个片段，用幻灯片一样的笔法描述下来。那故事像树林里的阳光，被树叶分散却又显得朦胧，充满诗意。

我一直认为，《坚持》应该排在第二篇，按照作者的年龄顺序，更符合阅读者的习惯。《坚持》是整部小说集中我最喜欢的一篇。个人认为，这篇小说应该和最后一篇《生意》排在一起，对比着阅读，可以完整地了解作者母亲和父亲的个人史。《坚持》写母亲的苦难史，父亲去了美国淘金，母亲带着作者和哥哥两兄弟艰难度日，那些声音里都浸润着孤独，让这篇小说充满了深情。原来，忠实于自己的记忆，将自己的生活如实地抄录在纸片上，竟然也是好的小说家应该有的技巧。

如果说母亲的艰难史是一次煽情史，那么父亲的奋斗史《生意》则几乎成了一篇口述实录。

这篇全书最长的小说讲述了作者父亲在美国的创业史，是一个移民时代的苦难缩影，与其说这是篇小说，不如说是纪实文学。这篇小说让我想起虹影，她在文字里常常回忆自己饥饿的童年。还让我想起自己的童年，听父亲讲述他外出的经历。《生意》里没有作者的影子，像是一个广播剧，或者评书。

《沉溺》是胡诺特·迪亚斯的处女作和成名作，这部作品出版的时候，作者28岁。然而作者凭此作品一举成名。这不由得让我想起27岁出版《最初的爱情，最后的仪式》的麦克尤恩。比起才华横溢的语言天才麦氏，胡诺特的优点是接地气，他写自己身体上发生的事情，是个体的疼痛感。比起卡佛小说那种唯美的小情调，胡诺特的小说多了一种孤独的气质。

是啊，有什么比一个九岁的孩子的记忆更坚硬，更能在树林里、贝壳上或者某个有月亮的夜晚刻下对孤独的理解呢。

　　当我看完这部小说集，我一下子看到坐在树上的孩子尤尼尔，他那么无助地看着母亲悲伤地坐在家门口抽烟，他觉得，他需要在记忆里刻下些什么，以铭记生活里的这些小忧伤和小疼痛。

　　所以，我推荐这部《沉溺》，其独特的孤独感，一个九岁孩子的全部的孤独感，那么精确地表达和抒情，定会击中你。

童话的、暴力的卡尔维诺

　　因为住的房间太窄小了，所以，只能写短篇小说。在自己第一部小说集《烟火》的后记里，英国女作家安吉拉·卡特如是说。她的话听起来颇有些道理，因为我轻易地就想到了沈从文，1925 年前后，沈先生因为租住在北京一"窄而霉的小屋"里，所以，只能写出一些短篇的文字。

　　安吉拉·卡特内心住着一个叛逆的孩子，她似乎刻意要将自己与传统的纯文学区别开来，称自己写的是故事，然而，她刻意远离的姿态将她与同时代的写作者立即区别开来。我相信，她的写作受到了卡尔维诺的影响。尽管，她在《烟火》的后记里只提到爱伦·坡和鲁尔福。

　　随便翻开安吉拉·卡特的一本小说集，我

《焚舟纪》
〔英〕安吉拉·卡特著，严韵译

们都能看到她飞翔的想象力，以及童音一样甜美的句子。哪怕她写死亡、变态的性以及迷失了自己的猎人，也都是用孩子般的目光在透视。她是穿了花裙子的卡尔维诺，是在日本旅行的卡尔维诺，是在梦境里被魔鬼审问的卡尔维诺。

安吉拉·卡特迷恋有色彩的字词，这定是和童话阅读有关联。因为色彩不仅修饰事物，还给本来清晰的世界披上谜语。《紫女士之爱》《黑色维纳斯》等小说标题里的颜色自然不能代表她全部的嗜好，那么，我可以打开小说《吻》，其中有这样的段落："在这些漂淡的苍白颜色中，那些古代陵寝散发虹彩的瓷砖硬壳更显炫目。凝视之下，鲜活搏跳的伊斯兰蓝会逐渐转绿；青蓝与翠绿相互交错的球茎状圆顶下，玉棺里……"打开《一份日本的纪念》，这样的句子也比比皆是："鼠灰的天空下，孩子们点亮仙女棒；由于空气污染，月亮呈现淡紫色"。

再也没有比色彩更能标榜自己的写作了，张爱玲只是多用了几次苍白，便被人注意。张艺谋更是因为喜欢大红而在刚出道的时候成为他的符号。

安吉拉·卡特显然喜欢紫色。仿佛她幼年时食多了紫色包装的糖果，紫色形容下的内容多有甜蜜的气息。她的糖果在成年以后成为她笔下的故事，迷人却充满了巫气。我相信读过《刽子手的美丽女儿》的读者都会惊讶于她的诡异，而《紫女士之爱》则

一下子将读者阅读的视野打开。她的文字像极了我们遗失的钥匙，阅读她，才发现，原来我们找到了丢掉的某个故事情节，恨不能马上停下阅读，去补充我自己的某个故事片段。好的写作定然是打开的，像一个布满彩色石头的河滩，每一个人都想在安吉拉·卡特的沙滩上找到自己喜欢的石头。

《刽子手的美丽女儿》是一个乱伦的故事，安吉拉·卡特虚构了一个被时代遗忘的日本村落，这个村落比小说《主人》中描述的非洲部落更幽深。安吉拉·卡特像个不讲逻辑的孩子，将所要讲的故事用道具摆在桌子上，是的，她的讲述非常惊世骇俗，而声音却是孩子的，她的眼睛也是。你见过一个孩子将安全套当作气球吹吗？对，孩子嘴里的那个气球极有可能在夜晚的时候被父亲拿去和妓女寻欢，然而，在孩子的眼里，气球仍然是欢乐的。

《紫女士之爱》是给一个妓女立传，她让我想到日本著名的电影《感官世界》，然而不同的是，这又是一个童话。如果说，卡尔维诺的写作是将一个不可能的事情通过合理的日常的细节来说通，变成可能。那么，安吉拉·卡特则又向前走了一步，她调皮地将一个可能的事情用孩子式的近乎夸张的手法变成了一个不可能的事情。你见过一个孩子对大人说："我见到麦田里长出鱼了"，大人挥手将孩子赶走，继续他们的事情吗？他们认为，怎么可能啊。

可是，安吉拉·卡特就是这样的孩子，她的确在做这样的事情。她用孩子的视角来描述性、住在人心里的恶魔以及难以让我们接受的道德观。

当看到《主人》中的"星期五"（安吉拉·卡特说这是向笛尔福致敬的举动）开枪将小说的主人公，一个有着兽性的统治者打死的时候，我几乎读出了儿童视角的政治讽刺小说。噢，十分孩子气的是，因为爱伦·坡是个酒鬼，安吉拉·卡特让自己小说里不少的人都去喝酒。

这真幼稚。

《焚舟纪》是安吉拉·卡特的短篇小说全集，篇幅非常适合朗诵，连用词也是，色泽鲜明的词语将语调拉长，想来也是孩子式的恶作剧。在小说里歌颂杀人犯和性暴力的安吉拉·卡特像极了转世的卡尔维诺，他们都热爱童话，却又都不想被现实世界束缚。

看《焚舟纪》的时候，我想到一个比喻，不舍得丢弃，用在这里——大号的枕芯装在小一号的枕套里，那种饱满的比喻感，既色情，又稳妥。这是我读安吉拉·卡特的全部感受。我想说，每一个操持中短篇小说写作的人，都应该读一读《焚舟纪》，它无比重要。

巫师一样的小说语言

在给我的朋友推荐《一样的海》这本书时，我是这样说的，我今天看完了此书，觉得有很多话想说，关键词如下：道德、禁止、释放、爱、远行、梦、死亡或者一场舞蹈、性爱、洁白的以及柔软的……

这是一本非常挑战阅读的书，因为它的语言是飞翔的。

这不是一本剧本，却有着剧本一样跳跃的镜头感，我看到镜头放大后的半封信和压低了声音的旁白。阅读这本书的时候，我没来由地想到当年阅读米兰·昆德拉的《慢》的感受，每一段都可以放下来，然后停上两天，再来读，我觉得那么陌生。

《一样的海》
〔以色列〕阿摩司·奥兹著，惠兰译

这就是陌生感，仿佛两天不见，这段我已经阅读过的情节就远行了，沾染了异域的味道。总之，这种巫师一样的语言让我着迷。

这是一本充满了谜语的小说，我相信作者阿摩司·奥兹用心建构了这个故事的地图，从哪里出发，又回到哪里，中间的崎岖如何通过，这些都是在写作前都已经画好的图像。但是，在写作的过程中还是会打破这些计划，我读出了那些变化。

在阅读《一样的海》的时候，我总觉得它应该有一个更具哲学意味的名字，比如《各自的孤独》一类。小说的情节并不复杂，奥兹写了一个父亲，60岁的会计达农先生，他的妻子刚刚去世，儿子里科一个人去西藏旅游。而这个时候，儿子的女友，一个不安分的女孩蒂塔住进了达农先生的家。她打开了达农先生的某块记忆，她诱惑达农先生，并把自己的想法写信告诉里科。这种打破禁忌的事情，在孤独的时候和自己母亲一样年纪的妓女玛丽娅上床后，突然觉得释然，这是一种完全超越伦理的逻辑。不信，我摘一段里科写给女友蒂塔的信："没有关系，你让我父亲，一个瘦弱，如孩子般的人，到浴室看你的身体。让他看吧，没有关系。我喜欢这主意。你牵着他的手，放在你身上不同的部位，让他感觉。他看了你，没有关系，他摸了，也没有关系。毕竟，他立即退缩了并逃到雨中碎纸遍地的大路上游荡。没伤害到谁。没有关系，毕竟，在我是婴儿的时候，他的妻子给我喂了奶，给我换了尿布，然后哄我在她怀里睡觉，现在我的妻子对他做同样的事。不久他会变成一个婴儿。"

在这段文字中，我看到了无数的镜头，大雨中的父亲，青春的身体，意念里让人颤抖的欲望，母亲，甚至还有最为纯真的孤独感。

我们每一个人，都是从婴儿成长，我们食用人世间的尘埃和道理，长大成人，最终，我们将拥有足够的孤独，变回婴儿。

已经去世的母亲，常常在小说里出现，扮演灵魂的按摩师。而贝婷，日常生活中达农先生的女性朋友，一个想和达农在身体和思想上都有深度交流的女性，很快便发现了蒂塔在达农的心湖里投放的一块小石头。她以一个过来人的睿智给蒂塔打电话，她喜欢达农，而达农只是不厌烦她，离精神的喜欢还差几毫米的距离。但是，她给蒂塔的电话内容像一座情感的塔尖，不仅仅诠释了爱、心动、暧昧、犹豫不决等情感之间清晰的区别，而且用了近乎通灵的诗句。

这些巫言一样的句子，像蘸了浓墨的毛笔在宣纸上写字，每一笔都会有个别笔画洇染出一些完全无法控制的意蕴。

用诗歌来写小说，在过去的时态里，有歌德和莎士比亚。到了现在，奥兹接上了他们，《一样的海》用近乎全面的技术手段，告诉我们爱、性、孤独感以及人性里最为温暖和坚定的部分，比如母亲的灵魂对儿子的预告，比如父亲对儿子女友身体的道德抑制。

在"身体"这样一个意象已经不能引起读者兴趣的时候，奥兹释放了身体，他写尽了孤独的样式，和身体里最为干净、最为正常的欲望，还有不时充斥在年轻身体里的性，那也不过是人最为内里的一个心灵伴随物。

每一次进入《一样的海》，我都会觉得，我不是在读一本小说，而是在进入一个灵魂的展览馆，小说里每一个人都有着配音演员一样美好的声音，虽然形象模糊，但他们的话那么轻盈，随时会飘进我的眼睛里，思想里，甚至即将要做的事情上。

这真的是一本具有巫术味道的小说，充满了谜语，而答案却不固定。

如何在内心养一只猛虎

小说创作常常追求叙述的难度。比如，将一个 16 岁的少年抛在太平洋上，如何能让少年活下来，且活得精彩。加拿大作家扬·马特尔给出了最难以想象的附加条件，在船上放一只孟加拉虎。

那么好了，《少年 Pi 的奇幻漂流》开始了。

这是一个关于信仰的故事。一个 16 岁的孩子，若无信仰，在面对突然到来的灾难和威胁时，即使能侥幸逃过风暴和沉船，那么，在救生船上要学会的第一件事情，便是如何和船上的几个幸存者相处：一只受伤的斑马，一只乘着香蕉艇到来的名字叫作橘子汁的猩猩，一只有斑点的凶残的鬣狗，和孟加拉虎理查德·帕克。在一片根本没有答案的海上，少年 Pi 开始

《少年 Pi 的奇幻漂流》

〔加拿大〕扬·马特尔著，姚媛译

了他的快速成长史。几乎每一个晚上，他所遇到的自然科学以及社会科学的难题，都需要一个研究者一生去完成，要去实地考察，要采访，要总结，甚至要反复试验，最后得出结论。可是，上帝给少年 Pi 的时间往往只有一瞬间，或者一个白天。

饥饿很快将 Pi 的底线撕破，从不杀生的 Pi 杀了第一条鱼，他泪流满面地大喊，谢谢你，我的神，是你化作了神，来救我的命。这是他第一次用信仰给自己的生命做了一个支撑。那么，活下去意味着，除了天气的影响之外，还要杀掉理查德·帕克。因为，这只饥饿的老虎，随时可能趁着 Pi 睡觉的时候，将他吃掉。

杀死老虎，一共有六个方案。前面的五个分别是：把它推下救生艇，用六支吗啡注射器杀死它，用武器杀死它，勒死它，毒死它或者烧死它、电死它，显然，这五种方式，都被少年 Pi 一一否定了。他知道，除了和这只老虎对抗，慢慢地消耗老虎的体力，直至它死亡之外，别无办法。可是，如果老虎饿到一定程度仍然找不到吃的，它一定会将 Pi 吃掉的。那么，只能使用第七号方案：让理查德·帕克活着。

在一个无比阔大的空间里，个体的渺小与孤独比一只老虎更能杀死人。而少年 Pi 显然并没有自主意识到这个问题，他凭借的是他的最为本体的感觉，是宗教般的赤诚，以及和这只老虎少年时的感情。

他用太阳能蒸馏器将海水制成淡水，给老虎钓鱼，制造自己的漂流船。每天醒来的第一件事情就是祷告。然后再喂理查德·帕克吃早餐，检查救生艇和自己的小筏子，写日记以及捕鱼。

为了讨好自己，他常常指着自己的衣服大声喊：这是上帝的衣服。然而，上帝的衣服很快被太阳晒烂了。他做的时间的记号也不准确，只能隐隐约约地猜测，大概有一天，他猜测是母亲的生日，给母亲唱了一首生日歌。

寂寞会催生一个人的想象力，除了和老虎交流之外，少年Pi几乎能吃一切海里的东西。有一天，他甚至想吃老虎的大便。当然，他最后放弃了这一荒诞的想法。

和理查德·帕克的关系随着时间的流逝慢慢变得融洽，终于有一天，少年Pi可以和老虎一起捕杀鲨鱼。甚至，少年Pi还想训练老虎。在海洋上，他们都失去了自己的语言，少年Pi想和老虎重新创造一套语言，这语言只能满足基本的交流，比如划地盘，比如表达生气，又或者同情。

那个漂浮在大海中的岛屿真的存在吗？在小说里，我们看不到更为坚定的态度。当然，这种诘问会让其他读者更加仔细地查阅对那个岛屿的神奇描述。

如果顺着这样的思路来反复咀嚼这个故事，那么，我们一定会问，理查德·帕克真的在船上吗？还是少年Pi为了让自己的内心不再荒凉，而虚构出来一只老虎呢。

在少年Pi的感觉里，大海有许多种，其中有一种就像老虎理查德·帕克一样，咆哮，几乎是飞奔着扑向自己。又有时候，大海像口袋里的硬币一样叮当作响。当然，大海甚至经常发出呕吐的声音，这一定是少年Pi自己呕吐过的声音，被缓慢的时间储存在记忆里，久久飘散不去。

一只老虎，如何在饥饿的时候，还对自己的食物——少年Pi彬彬有礼，甚至还帮着他一起抓鱼。这在逻辑上是说不通的。自然环境的恶劣可以刺激人类的潜能，比如重新建立生死观以及激发活下去的勇气，而对于兽类来说，过度复杂的心理及情绪反应，都应该源自人类的美好想象。

风的方向，常常也有多种，该如何判断，风会将船吹向陆地呢。有时候，少年Pi会根据风向扔出自己的漂流瓶，这是一个收件人不明的求救信。信的内容是这样的："日本货船'齐姆楚姆'号，飘巴拿马国旗，从马尼拉开出四天后，于1977年7月2日在太平洋沉没。我在救生艇上。我叫派·帕特尔。有些食物和水，但孟加拉虎是个严重问题。请通知加拿大温尼伯的家人。非常感激任何帮助。谢谢。"

这从1977年7月扔出的漂流信，会不会被人捡到？比如小说的作者扬·马特尔。除了对着天空和食物念诵自己会背的有限的经文，少年Pi会写日记。在一个风向和天空都不明朗的世界里活着，日子慢慢被海水浸湿，他不仅忘记了准确的日期，连内心的记忆也开始模糊。母亲的生日是模糊的，"齐姆楚姆"号货船沉没的日子也是模糊的。只有饥饿是清晰的。

他的日记都没有日期，因为日记不过是打发时间的一种方式。日记也是拯救自己的一种方式，每度过一秒钟时间，都会觉得生命有这样充实的内容和形式，不仅仅是面对海水和风，还有信仰，以及对自己内心的描述。

老虎，日夜陪伴着自己的老虎，自然也必须出现在日记里。老虎也分为好几种，有一种老虎，在少年 Pi 的日记里趴着，一动不动。是的，主人自己内心疲倦的时候，这只活在内心里的老虎便也只能安静地躺在那里。因为，如果老虎不服从主人的想象，试图威胁 Pi 的安全，Pi 也许会将他从记忆里清除。

他自然不值得如此做，如果没有这只老虎，大海会变得格外强大，只需要一阵风就将少年 Pi 吞食掉。所以，老虎必须卧在少年的心里，时而饥饿，时而安静。

当少年 Pi 被救以后，泪流不止。关于流泪的原因，作者扬·马特尔这样写道："我像个孩子一样哭起来。不是因为我对自己历尽磨难却生存下来而感到激动，虽然我的确感到激动。也不是因为我的兄弟姐妹就在我的面前，虽然这也令我非常感动。我哭是因为理查德·帕克如此随便地离开了我。不能好好地告别是件多么可怕的事啊。"

如果那只老虎只是少年 Pi 在心里喂养的一只虚构的老虎，那么，老虎将少年从茫茫的大海里救出，完成使命以后，从少年 Pi 的幻想里逃走了。

　　电影导演李安在读完这个故事以后，被故事里少年的信仰深深打动。是的，少年 Pi 在心里养了一只老虎，合理而优雅地通过和老虎的相处，证明了上帝的存在。

　　对于少年 Pi 来说，上帝不只是变成一条鱼，还变成一只老虎，一直伴随着他，给他力量。

欧洲 "70后"

　　果然和我猜测中的一样，欧洲的 "70后"
作家们与中国乃至亚洲的 "70后" 作家并无什
么不同。我所知道的中国 "70后" 小说家里，
盛可以、付秀莹均和我同班，读过鲁迅文学院。
包括鲁敏、乔叶、张楚、徐则臣等人也一样，
都曾读过鲁迅文学院的作家班。而且，如徐则
臣、盛可以、付秀莹、乔叶等人，均在文学刊
物做过编辑或一直从事编辑工作。

　　翻开这套四卷本的《最佳欧洲小说 2011》，
会发现，生于 1972 年写传奇故事的丹麦作家
彼得·阿道夫森毕业于丹麦作家学校。而生于
1975 年的罗马尼亚作家卢西恩·丹·特奥多罗
维奇一直在《文化增刊》的周报做编辑。还有
生于 1977 年的白俄罗斯作家维克多·马丁诺维

《最佳欧洲小说 2011》
〔波黑〕亚历山大·黑蒙编，李文俊等译

奇毕业于白俄罗斯中央大学新闻系，一直任《白俄罗斯报》主编。同样生于 1977 年的黑山作家奥格年·斯帕希奇则一直在《新闻报》做文化版的编辑、记者，并且曾在 2007 年参加了爱荷华大学的国际创意写作班。

这些作家在媒体从业的经历，或者就读过作家班的经验，让他们有共同的阅读体验，比如，这些人大多都阅读过卡尔维诺或者卡佛，又或者读过奥康纳、福克纳。如果再列举下去，还应该有奈保尔、塞林格、吉根、麦卡勒斯、麦克尤恩等。总之，和我们身边的"70 后"作家一样，欧洲的"70 后"作家，他们的小说叙事经验大都得益于阅读。

从小说的标题可以看出，比如葡萄牙作家冈纳鲁·M. 塔瓦尔斯的《六故事》便有着塞林格的影子。更有甚者，黑山作家奥格年·斯帕希奇的小说标题《我们失去了雷蒙德——卡佛死了》，几乎是一篇为了纪念卡佛而创作的作品。

近几年，卡佛也成为中国"70 后"作家们谈论的对象，这个酒鬼、极简主义门派的开山大师，也是短篇小说写作者的必读作家之一。他的照相机取景一般的小说风格吸引着全世界范围内的阅读者和写作者。除此以外，卡尔维诺也是中短篇小说写作者必须要谈论的一个名字。卡尔维诺成名之前曾经长时间收集童话，所以，他的写作有着超出成年人审美的奇崛的想象力。而这些共同的阅读对象，使欧洲"70后"与中国"70后"的写作有相同的一些模仿经验。

　　葡萄牙作家冈纳鲁·M. 塔瓦尔斯是一个教授哲学的大学教师，他果然适合寓言写作。哲学就是抽象和具体相互转换的最终依据。在这篇《六故事》里，第一个故事经典至极。小说写了一个或许存在的国家，因为某些或许存在的原因而弥漫着悲伤的元素。于是，国家领导人就决定奖励一些在逆境里仍然面露微笑的人。他们派出便衣在城市里穿梭调查，遇到面带微笑的人，便拦下询问，问清楚身份证号码及具体地址。不久后，这些微笑的人便收到了一张银行的支票，支票的附言栏里登记着"二月份，发现你在街上面带微笑三次"字样。有关微笑的报偿自然吸引了更多的人，不久，这个国家的街道上便有越来越多的人面带微笑。这一情形自然吸引了外媒的注意，后来，这个国家因为逆境中的乐观精神而闻名世界。政府悄然取消了微笑补偿，但是，由于没有告知民众，大街上仍旧遍布着各式各样的微笑者。故事的名字叫作《纯真国度》，这名字充满了讽刺意义。开放式的结尾，更是让人有多种方向的理解。

　　同样是寓言式的写作手法，我更喜欢袁伟翻译的《传奇十四章》。作者彼得·阿道夫森是一个科班出身的作家。在他的《传奇十四章》里，有很多章节都是惊人的传奇。所谓惊人，是说极为夸张的情节设计。比如他写一个屠夫，姓高，唤作高屠夫。高屠夫住伦敦城，当时伦敦初发瘟疫，高屠夫夜做一梦，于是按照梦境的要求，他变卖了家产，购买了一屋子的啤酒和脱水蔬菜及咸肉，并把自己锁在了房间里，紧闭门窗。他控制饮食，但数月后，仍然断粮。如果此时出去，他必会被瘟疫缠身，无奈之下，他决定砍掉自己的一条腿，但是，又必须忍住疼痛，不能晕倒，否则可能因失血过多而死。他一一做到了，直到将自己的两条腿和一条胳膊吃完，他才出门，瘟疫终于结束。他又活了十二年。

阿道夫森的寓言故事设计残酷简洁，而袁伟的翻译更是趣味百出，他直接翻译成了《聊斋志异》，又或者是《阅微草堂笔记》的笔韵。我抄录一段《呆命》，便可知翻译的小清新之味："从前有个呆娃，是人一眼就看得出。做娘的心灰意冷，就把这娃弄去了孤儿院。那里的人也不管不问，连个名都不给取。起初，还有别的孩子过来戏弄呆娃，可三下两下过后，也就没了意思。呆娃大半时间就独坐一旁角落，甚无聊。这么着一年又一年，呆娃的下巴生出了毛。第一次梦遗的那晚，得了天启。亮闪闪的天使带来一则重大消息：你叫阿恩，你是上帝。阿恩立马冲上街道，传播这喜讯：我是上帝。可谁理他呢！……"

除了这种向旧文体致敬的寓言式写作，"70 后"更擅长的是编故事。是啊，多数"70 后"都在 20 世纪 90 年代末期接触到网络，更在进入新世纪以后，接触了各种各样的电影叙事策略，毫无疑问的是，多媒体的发展，为小说的叙事提供了更好的音响设备。尽管小说叙事并不会用音乐或者影像来完成，但是，听过绝妙音乐后再来描写音乐，会更真切。看过高清图像，再来比喻世界，会更色泽丰富。

生于 1976 年的克罗地亚女作家弥马·西米克是一个擅长虚构的人，她在《我的女朋友》里给自己的叙事制造了难度。小说里的女朋友是一个盲人，那么，如何与盲人一起看电影，如何描述盲人的各样感受，都是超出日常体验的事情。但是，作者有很细微的观察能力，她贴着那个盲女友的眼睛来感知这个世界，小说的叙事如电影一般，比如，我想到了金基德的那部《空房间》。

相比较西米克《我的女朋友》想象力的丰富，我更喜欢土耳其作家埃尔桑·乌尔德斯的《职业行为》，这是一篇挑战传统写作方式的小说，小说里大量的论述让我不自觉地想到了米兰·昆德拉，又或者是后期的卡尔维诺。在《职业行为》里，乌尔德斯写了一个喜欢自作主张的恶作剧翻译家，他喜欢修改甚至改写原著的故事，比如原著里的一个人物死了，他会在翻译成自己国家语言的时候，让那个人再活过来，并主动给他增加故事。结果，他翻译的故事在自己的国家里销量非常好，甚至远远超过了原著在自己国家的销量。他为此感到骄傲。这当然是小说，但是，这种打破小说拘囿的写作方法，用一个翻译家的腔调，将一个故事的两种方案都写了出来，实在机智又脱俗。

作为一个小说的写作者和阅读者，我最喜欢技术以外的东西，比如小说《寻鹅记》中的真实民情与风物。作者是罗马尼亚的卢西恩·丹·特奥多罗维奇，这位生于 1975 年的报纸副刊编辑，不但写散文小说，而且还做编剧，他的经历，让我想到了我的朋友，同样是"70 后"的浙江小说家海飞，现在做编剧。

欧洲"70 后"的小说家，在这套四卷本的《最佳欧洲小说2011》里，所表现出的天赋和叙述经验，并没有让我感到惊讶。甚至有些小说让我觉得失望。这也是全球化时代的一个共同的失落。是啊，叙述技巧的同质化，使得欧洲"70 后"与中国"70后"的作家们的差异越来越少了。真希望我们的差异越来越多。美好是因为不同才丰富。

放肆指南

阅读亨利·米勒时，我时常会想起鲁迅先生的那句赌气骂人的话："丧家的资本主义的乏走狗。"是的，这句话，搁在亨利·米勒这位爷身上，真是妥帖。这个在女人身体和朋友公寓间到处流浪的作家，这个看到裙子便不想放过的坏人，这位怀揣抒情诗，想象力丰富到可以开博物馆的疯子，在自己的小说里到处制造淫荡的声音。

他实在无法掩饰自己的才华，常常想着有一本惊世之作在自己的肚子里，是的，他有一天的确这样狂想了："我已经有好几个星期没有深究这一点，也许是因为我已打好那本书的腹稿了吧。我就带着这本书到处走，像一个怀孕的大肚子女人在街上穿来穿去。警察领着我过

《北回归线》
〔美〕亨利·米勒著，袁洪庚译

马路，女人们站起来给我让座，再也没有人粗暴地推搡我。我怀孕了，我滑稽可笑地蹒跚而行，大肚子上压着全世界的重量。"

这个吹牛都要打草稿的家伙，在此前不久，因为一首德国音乐太悲伤了，所以对那个弹钢琴的女人进行身体的阅读。这本在亨利·米勒肚子里的书的名字并不叫《北回归线》，而是叫《最后一本书》，这名字近乎平庸，虽然有野心，但是愚笨，像从千里之外赶来的客人并不休息就唱出的歌声。让人不解，为何如此急切地展现自己的才能呢。

亨利·米勒直率得像个孩子，自信得像个刑场上的英雄，死不更改口供。他将自己的书定位如此："所有有话要讲的人都可以在这儿讲，无须署名。我们要详尽地描写我们所处的时代，在我们身后，至少在一代人的时间内不会出现另一本书。"

在亨利·米勒的笔下，麻雀拉过屎后自己又去啄食，这便是世界的一个逻辑。他喜欢发现这样的生活，并为自己的发现感动。而女人们的身体呢，在他的眼里，是可以撕下来涂抹的画布。比如他形容范妮的样子："她的眼睛呈一种暗淡的高锰酸盐色，乳房像成熟的红色包心菜。"将一个女性美好的器官比喻成这样变形的食物，他可真是无耻。

在广场上，他像个摄像机，分析路过的人的衣服，甚至是回到家里以后换上的睡衣的颜色，自然，他一定会想到那个人和女人亲热时的姿势。看到一个装着假肢的妓女呢，他就坐在那里想象妓女和男人睡觉时的种种古怪。

他带着一个有宗教信仰的朋友去妓院，可是那位朋友竟然在妓女房间的浴盆拉了一坨大便。而这个连马桶都找不到的朋友，和他交流的问题竟然是如何偷情。我对亨利·米勒如此放肆的笔墨充满了嘲讽。一边阅读，一边发微博嘲笑他。我发的内容大致如下："我正读《北回归线》。感觉是，这是个极拽的人，完全没有逻辑和技术。有时让人讨厌，有时又觉得这人天分极足，能打开我们的想象力和视野。但也只是翻翻就行了，认真就觉得没劲了。写作毕竟不是碎片想象和胡言乱语。写作说到底还需要理智，可以抑制的优越感，以及合理的呼吸节奏。"

他的想象力丰富，甚至刻意，比如，他多次将女人的脸比喻成甜菜，那一定是他日常食谱中最爱吃的食物之一。而乳房，更是亨利·米勒写作的一个主要动力。他擅长测量乳房的柔软度，以及色泽。在描述塔尼亚时，他写道："塔尼亚也是一个狂热的人，她喜欢撒尿的声音、自由大街的咖啡馆、孚日广场、蒙帕纳斯林香烟、感人的慢节奏奏鸣曲、扩音机……她的乳房是焦黄色的，她系着沉重的吊袜带，总爱问别人'几点钟了'。"

在他的笔下，巴黎的确像一个女人，虽然只能使他落魄，他却离不开这个地方。因为，他天才的想象力，只有在巴黎这样的地方，才会有爆发的可能。正如他在《北回归线》里所设想的那样，在一个橱窗里，有人拿着一部小说的前两个章节展示。这是多么美妙的想象，小说的第一个章节看完了，可以去下一个橱窗去看，而第二个章节看完了，就只能等着作者来更新了。

在《北回归线》里，亨利·米勒写了无数个橱窗里第一章、第二章这样精彩的开头，然而，换来一场小酒和一个女人的乳房之后，亨利·米勒便忘记了继续。他不羁而理直气壮地活在这尘世里，用强硬的语气对着读者说，世界将在未来一千年里领先我们的书生存，它洋洋洒洒、无所不包，其思想差点儿叫我们自己也茫然不知所措。

吹牛吧就。他一定忘记了自己为了挣钱那不堪的经历了。

这个放肆而落魄的穷鬼，除了自尊，除了盲目的自信，再也没有什么内心储蓄了。所以，我们原谅他放肆的写作方式。毕竟，他展现了自己的天分，并记录了自己真实的生活感受。

尽管在阅读的时候，我会捕捉到他躲避在荒唐里的孤独感和不安，但他已经被自己的放肆欺骗。

说真的，他是有些过分了。冯唐说他流氓，我觉得这是赞美，因为，他已经接近无耻了。

唉，说到底，这册自传体的《北回归线》，写了作者的荒唐史以及放肆史。他用近乎指南的方式描述细节，对自己多是赞美，也释放了真性情。

他让我想起略萨，那也是一个好色的人。如果一个有才华的男作家不写作，他必定会成为流氓。大抵如此。

非洲小说家的政治野心

文学一开始是政治的附属品，民间文学或文艺多数与劳动或男女私情有关，这种自然而隐秘的文艺产品，一旦被发现，成为标本，便一定会打上统治者的印记。被规训或者被梳理过的文学生产常常会成为庸常生活的点心。文学究竟在什么时候背叛了这些，成为政治的刺客甚至是敌人的呢？推论起来，不外是政治的定式被人民的审美所厌倦，抑或是政治的高压使得人民的智商日益降低，最后不得不爆发，以恢复人性以及人格的完整。

阅读非洲小说家的小说，能感觉到一股浓郁的对现实政治的刺客情结。翻开这些作家的简历，更是让我吃惊，肯尼亚作家恩古吉·瓦·提安哥，曾因一部话剧被肯尼亚政府拘留一年，甚

《非洲短篇小说选集》〔尼日利亚〕钦努阿·阿契贝、〔澳〕C.L.英尼斯编，查明建等译

至于1982年以后被迫流亡国外。同样，莫桑比克作家翁瓦纳也当过政治犯坐过牢。南非作家埃塞基耶尔·姆法莱勒也曾流亡到尼日利亚、肯尼亚、法国和美国。值得一提的是，这册《非洲短篇小说选集》还有一个作者叫乔莫·肯雅塔，是肯尼亚总统。

我喜欢阅读这册小说集中有着启蒙意义和反思精神的小说文本。《假先知》与其说是在写一个骗子的悲剧，不如说是对一种利用信仰愚昧民众方式的揭露。塞内加尔作家奥斯曼本身就是一个电影导演，做过渔民、管道工、机修工、砖匠和搬运工的他，有着超出常人的底层生活经验。他的创作有着底层人特有的辛辣和讽刺。在《假先知》这个短篇里，他塑造了一个靠着欺骗发了一笔小财的假教徒，最后被一个抢劫者将财富抢走的故事。小说虚实结合得微妙，作者将假先知被抢劫的细节放到了梦境里，然而，醒来以后，他的确被抢了。那个抢劫者熟悉他的历史，在抢完他之后，还问他："问问真主谁是贼？"是啊，尽管他的财富被抢走了，他仍然无法改变自己是一个贼的事实。

诺贝尔文学奖获奖作家纳丁·戈迪麦的短篇小说《特赦》则直接写了一个政治犯被释放前后的故事。小说以政治犯妻子的口吻叙述"等待"是一种怎样的内心情状。等待政治犯回来的过程几乎可以象征着等待一个政治清明的现实世界一般。然而，在这过程中，必然伴随着煎熬，甚至冲动地前去探望丈夫，结果因为没有办好探监证件而没有机会见面。这篇小说没有结构，叙述几

乎是失败的，小说唯一的价值在于，它传递出了人民普遍觉醒之后，对某个不同于自己生活方式的"政治犯"同情，甚至愿意帮助。小说里的政治犯们都关押在一个海岛上，作者写到，只要是往那个小岛上去的人，多数是探望政治犯的，即使他们没有钱，当地人也会想法帮助他们上岛，所有这些细节，传递出来的是一种底层人虽然蒙昧，但却始终保有良知的美好。而正是这种美好的人性，才使得所谓的政治犯们有了启蒙的对象，未来的生活，才有可能会更加美好，小说的主题是"等待"，这等待也才有意义。

终于要说到《刺客》了，这部极具况味的讽刺小说，我读了两遍。我喜欢至极，甚至想要改写它，我觉得这篇小说仍有不完美的地方。小说作者东加拉是刚果人，写诗，写小说，有趣的是他却在法国的大学里教授化学。《刺客》近乎寓言，刺客是谁呢？是"那个人"。东加拉在小说里虚构了一个近乎铜墙铁壁的宫殿，这个宫殿里住着国父，他同时又是最高领袖、启蒙者、武装部队总司令，他是人类中的天才。这位独裁者的宫殿是什么样子的呢："一位获得战争学和反恐专业学位的以色列教授设计的坚不可摧的圆形安全系统，宫殿方圆五百米之外，就有全副武装的士兵站岗，每十米有一个岗哨，24小时值班。宫殿外还有一条护城河，河里养着非洲鳄鱼和印度鳄鱼，还有从中美洲进口的凯门鳄。护城河后面是一条壕沟，沟里养满了黑色和绿色的眼镜蛇，这些蛇的毒液能让人一命呜呼。城墙高达60英尺，用砖石建造，雄伟壮观。墙上布满了瞭望塔、探照灯、铁钉、铁丝网、碎玻璃。"然而，就是如此复杂的保护设施，国父还是被"那个人"暗杀了。之后便是对这位刺客的疯狂搜捕，关于这位刺客的官方说法像谣言一样在传播，一会儿说警察发现了他的行踪，一会儿又说他藏在哪个村庄里。警察的做法是，到一个村子里，如果找不到刺客，就烧掉村庄。刺客是化装了进入宫殿杀掉国父的，所以，就算刺客站在警察们的面前，他们也根本认不出来。村庄里的人自然不知道他就是刺客。当警察随便找一个人替死以威胁村里人供出真凶的时候，找到了他。他心安理得地赴死，因为只有他一个人知道他是真正的刺客。当警察将他打死，村庄仍然没有供出真凶时，警察便带着人去下一个村子寻找"那个人"了。

这篇充满了隐喻的小说几乎是一章启蒙的宣言，作者有着极强的政治野心，他用近乎呐喊的方式来讽刺暴政。

如果从小说结构上来说，这册《非洲短篇小说选集》所选的小说风格各异，有的几乎算不上小说，比如肯尼亚总统肯雅塔的那篇《丛林里的绅士》，不过是一篇小故事，或者小寓言。若是从叙事的成熟度来说，我喜欢提安哥的《片刻荣耀》和翁瓦纳的《爸爸、蛇和我》。这两篇小说，一个写底层生活，一个描述成长史，都充满了叙述技巧。

最让我欣赏的，当然是非洲小说作者对现实的介入，对政治生活和政治态度的直面和质问，几乎有了知识分子小说的特性，这似乎让我们看到一个文明的非洲正通过文学的方式向世界展示的先兆。

艾丽丝·门罗的气味小史

有过饥饿史的作家擅长写吃，莫言便是其中的一位。同样，有绘画经历的写作者，多数都会对色彩敏感，在词语的选择上便多了些色泽，让自己的写作趣味从众生中脱颖出来。作为家庭主妇的艾丽丝·门罗，她的个人史简单至极。阅读她的小说集处女作《快乐影子之舞》，能感觉到她对气味的敏感。这除了和她童年成长的经历有关，也和她长时间在厨房里对生活之味的参与相关。

生活中遍布气味，从哪里入手最为生动呢？艾丽丝·门罗的做法是回到童年。是啊，童年多好啊，童年都是被雨水洗过的记忆。开篇《沃克兄弟的放牛娃》，像一部泛黄的彩色胶片电影，被手摇着播放出来的时候，会有很多

《快乐影子之舞》
〔加拿大〕艾丽丝·门罗著，张小意译

雪花在故事里。这是时光沾染了灰尘的常见效果。世间的事情，都必定会沾染灰尘的，包括气味。小说以一个小女孩的视角观测这个世界，父亲是一个养狐失败的生意人，不得不做沃克兄弟公司的推销员，母亲呢，显然是一个影响了小女孩一生的人。母亲虚荣，常喜欢穿着漂亮的裙子，并把女孩也打扮得漂漂亮亮的，一起出门。为了吸引路人的注意，母亲甚至喜欢用剧场演员的腔调，热烈地叫她的名字。噢，这是有些让人受不了。可是，这样的记忆，总像刻刀一样，刻在作家的心里，母亲的声音，连同新衣服的气味，一起保存下来。多年以后，终于写在了小说里。父亲是故事的主角，他呢，有一天，带着女儿和儿子一起去做推销，在返程的路上，突然选了一条平时不走的路，到了一户人家。和那户人家的女主人谈了谈心，跳了跳舞，然后便回到了家里。当然，不用说，这是他以前的心上人。这样的故事在东方审美里也常见到。可是，在艾丽丝·门罗的笔下，便多了一些况味。这些况味在一些闲笔里，在孩子的视角里，在慢悠悠的伤感里。小说用孩子的视角收集着乡间的风景，近乎写实的推销员对话，和那个叫诺拉的女人身上的古龙水的味道。当然，当留声机响起来，喝过酒的诺拉教"我"跳舞以后，又有了新的气味。艾丽丝·门罗这样写："诺拉一直在笑，轻快地转动，她奇异的兴奋把我包围了。她散发出威士忌的味道、古龙水的香气，还有汗水的气味。"

就是这样，气味出卖了一个人的心情。多年不见的情人来看望自己，诺拉开心又怅惘，对情人的女儿好一些，差不多就是和情人温存的另外一种方式。这样暧昧的小情愫，孩子们哪能体味。在父亲买了一包甘草糖给孩子之后，故事的温度突然就升高了。夜色虽然来临了，可是，小说的主角——父亲长久地陷入伤怀之中，谁也无法拯救这样的伤怀。

　　底层人最为真实复杂的生活现场也是艾丽丝·门罗多次写进小说的场景。《重重想象》又一次回到了童年视角。门罗对气味的敏感体现在她不放过每一件食物，或者每一个人物的身体。在写到玛丽的气味时，她这样写道："在屋里，我永远会闻到她的气味，就连她很少进去的房间都有。是什么气味呢？像金属，又隐约像某种香料，或许是丁香？她最近牙疼。或者像我感冒的时候，往胸口擦的配方药水。"总之，一个孩子，总是对现实世界多一些观察的维度，他们的时间远远慢于大人，他们永远在捕捉生活的细节，所以，他们才是哲学家，是真相的拥有者。和爸爸一起去看陷阱，这是门罗叙事渐进的策略，这一次不是去会老爸的情人，而是去看掉在陷阱里的动物，比如麝鼠。在检查陷阱的路上遇到了一个怪人，他手持一把斧头，砍来砍去的。直到故事的最后，才知，这是一个精神出了状况的疯子，老是幻想着有一户人家要来杀他。可是，他想象的那户人家根本就不存在。

　　门罗的小说很多闲笔，近于黑白照片一般地贴在墙上，一帧一帧的，总让人陷入旧光阴里。这种煽情增加了小说的可读性，且又将小说的时间维度拉大，让人在现实与过去之间来回穿越，生出更多的想象空间。

《快乐影子之舞》的 15 个短篇里，我最喜欢的是《有蝴蝶的那一天》。她让我想起麦克尤恩的《夏日里的最后一天》。我甚至想，或许麦克尤恩是模仿门罗。同样的少年视角，同样的温暖故事。相比较麦克尤恩词语的华丽，门罗的书写是对人性最为深邃的挖掘。

《有蝴蝶的那一天》仍然以一个少女的视角进入小说，"我"仍然是一个对气味敏感的女孩。比如她所闻到的迈拉的味道："说实话，迈拉身上真的有一股味道，仿佛是坏掉的水果散发的腐烂的香甜味道。迈拉家开了一家小水果店营生。她爸爸整天就坐在窗户边的板凳上，衬衫在他鼓鼓的肚子上敞开，纽扣上方露出一丛黑毛来。他嚼大蒜。"

一段话将迈拉家的气味都写尽了。迈拉有一个弟弟，因为常常尿裤子，而不得不由迈拉照顾。同学们自然疏远迈拉。"我"自然也是疏远的。可有那么一天，"我"恰好早早地来到学校，遇到了正在前面走的迈拉姐弟两个。本来"我"不想和迈拉打招呼的，可是迈拉发现了我之后，突然停在前面不走，甚至转过身来想等着我靠近。本来是怕有人看到我和她走在一起的心境在那么一瞬间变化了，艾丽丝·门罗复制了自己的童年记忆，她深刻而准确地描述了"我"的心境:"这谦卑的,满怀希望的转身举动之中的谄媚还是对我起了作用。这么一个为我度身定做的角色,我忍不住想去扮演。我感到一股自以为善良的快乐激动,甚至想都没想怎么办,便叫道:'迈拉!嗨,迈拉,等一下,我有爆米花!'"

迈拉从"我"的爆米花里发现了一个蝴蝶饰品,"我"送给了她。甚至,还找了一个理由,说是谁发现了就归谁。这让迈拉充满了被施舍的自卑。

然而,迈拉的可怜并没有停止,很快,她因为生病而辍学,在一家乡村医院住院。班里的学生们商量着,给迈拉买一些礼物,去看看她,给她过一个生日。

迈拉显然意外,她觉得自己并没有这么重要。别说是同学和老师,就是父母,也并没有给她什么优待。所以,她意外。再则,她被同学们热情的礼物吓到了。

当探视时间结束了,同学们就要离开的时候。迈拉突然叫住了"我",她将一个装着镜子的人造革盒子递给了"我",说:"东西太多了,你拿点。"

"我"之前便注意到了这个礼物,不知是不是因为"我"的某个眼神,给了迈拉暗示,又或者此事纯属巧合。总之,迈拉所选的东西打动了"我"。然而,只是一瞬间,就在"我"已经答应了迈拉的赠送,并准备表示感谢的一瞬。同学们在街边追逐玩耍的声音传了进来,一时间,我被现实中同学们应该会如何评价"我"被迈拉叫住这件事困惑。"我"后悔了接受迈拉的礼物,"我"应该和同学们一起离开。总之,"我"的内心的变化将单纯善良的孩子形象扑灭,一张灰暗的脸夹杂着成人们的审美和虚荣,直逼得迈拉也不得不显示出成年人的嘴脸,自然,这一切也许只是缘于"我"的想象,在想象里,"她(迈拉)坐在高高的床上,她优雅的棕色肚子从不合身的病号服里伸了出来"。到这里,小孩子因为有了丰富的物质之后人性已经完整了。当然,即使是从迈拉住的医院里逃出来,"我"也没有忽略那医院的气味:"我自由了,从已经包围迈拉的,众所周知的,庄严的,散发着乙醚气味的医院生活的种种壁垒中逃离开来,从我自己内心的背叛中逃走。"

　　气味,几乎是艾丽丝·门罗写作中的一种结构故事的方式,只要有气味,故事的节奏便有了,推进的镜头也有了。在《男孩和女孩》里,布满了狐狸的臭味。在《快乐影子之舞》里,教堂的气味或者口红的气味,又或者中年女人身上清洁剂的气味,这所有的气味都在人物出来之前便到了写作者艾丽丝·门罗的眼前。是的,正因为她对气味的细致梳理和档案记忆,才有了她写不完的人物。这些人物是气味的代指,也是气味的总和。总之,门罗用一个在厨房里忙碌的家庭主妇的鼻子捕捉了整个世界,而且写活了这个世界。

　　她真是一个有气味的作家。

每人都需要一个给出答案的杂货店

　　若将小说当作一栋房子，那么，让读者一眼就看到门在那里，或者就是最好的开头。作为推理小说的写作者，东野圭吾的《解忧杂货店》在开始的部分，便将高潮部分打开。

　　三个小偷，作案后，所偷的车子坏了，进入路上一个小镇的年久失修的旧房子里。三个人计划在这间废弃的旧房子里凑合一夜，天亮便离开。然而，故事发生了。他们无意中发现外面有人往门口的信箱里投了一封信，是一封求助信。原来三个人误撞进一家名叫浪矢的杂货店里，这个杂货店一度很有名，因为店主热爱回答顾客有关烦恼的问询。好奇心促使，三个人决定回答这个有着烦恼心事的姑娘，然而让他们三个感觉惊讶的是，他们看到的那封求

〔日〕东野圭吾著，李盈春译

《解忧杂货店》

助信竟然是一封来自过去的信，这个旧杂货店竟然有一个秘密的时间通道。

　　这便是《解忧杂货店》的开头。这个开头如同剧场大幕拉开后的一场争执，在争执中，我们发现，通过东野圭吾小口径的叙述，我们进入了一个时间跨度很大、想象空间也很空阔的小说里。

　　作为推理小说家的东野圭吾擅长以碎片到整体的演进方式来讲述故事。这部非推理小说，也有着作者一贯的叙述气质。三个小偷出于好奇帮助人，本来已经挑衅阅读者的逻辑了，那么，如果帮助成功了，这剧情岂不过于狗血。所以，东野圭吾将自己分裂成三个小偷，每一个人都给求助的女人写了一封信。三个小偷通过求助女孩月兔的回信，知道了她的身份，是一个准备参加奥运会的运动员，但是男朋友却身患绝症。她很犹豫究竟是要陪男友最后一程呢，还是坚持训练争取参加奥运会。三个小偷查证了时间，知道女孩要参加的奥运会竟然是 1980 年的莫斯科奥运会，那一年日本并没有派人参加。所以，知道了结果的三个小偷想要女孩放弃训练，陪着男朋友。然而，那女孩却朝着相反的方向去做，三个小偷，哪有那么高深的修养，甚至在回信里直接骂她是个傻瓜。而女孩却并不介意三个小偷的回复，甚至感激三个小偷的答复，使得她更加明白，骂她或者也是对她的一种考验，让她更加坚定了参加训练的决心，而为此，她的男友也为她的决定感到开心。

东野圭吾写出了沟通的微妙，现实生活的逻辑有时候是复杂的，甚至是一个悖论。三个小偷用个人的经历证实了一个事实：当事人的理解并不忠于帮助她的人的初衷。有时候甚至是相反的。这大概也是心理学上一个原理。

《解忧杂货店》的故事从倒叙开始，三个小偷拉开了浪矢杂货店的大门，同时也拉开了那个年代的故事。

《深夜的口琴声》是一个温暖的舍己救人的故事。如果不是克郎在继续唱歌还是回到家里帮助父亲开鱼松店这个问题有疑惑，写信问过杂货店的老板，那么，这个故事差不多可以略去。
这个故事非常温暖。

克郎是一个在东京漂泊的歌手，却一直没有找到合适的机会。而父亲一开始是反对他搞音乐的，上大学替他选的专业是经济学，满心指望着他能接手自己的鱼松店。然而，克郎却为了音乐退学，开始了他的漂泊。克郎的奶奶去世，克郎回到家里守夜，发现父亲已经老了，父子两个因为音乐的话题，关系疏远。然而，当叔叔嘲笑克郎搞音乐没有前途的时候，父亲却奋力维护自己的儿子，这种温暖让克郎瞬间决定放弃音乐帮助父亲开店。而父亲仿佛知道他去过杂货店，了解儿子不甘心，就将他赶回了东京，说，真的努力过了，仍然不成功，再回来。意外的是，克郎回到东京，遇到了孤儿院着火，他为了救人，重伤而死。他的那首曲子被他救下的孩子的姐姐唱红。

《解忧杂货店》的老板名字叫作浪矢雄治，他出现在小说的第三章《在思域车上等到天亮》里，作为主人公，他出现得过于随意了。东野圭吾这样写他第一次出现的形象："雄治身穿日式细筒裤和毛衣，端坐在和室的矮桌前，只把脸慢慢转向贵之。他扶了扶鼻梁上的老花镜。'哎呀，是你啊。'"这是他的儿子浪矢贵之从东京回小镇上看他的情景。

浪矢雄治自从妻子去世以后，精神和身体一直都不大好，直到开始做烦恼问答以后，才有了做人的意义。他乐于将自己有限的生命经验说给别人听，这成了他活下去的支撑。为此，儿子和女儿也都支持他这么做。一直到他患了重病将不久于人世，他才答应随儿子一起回到东京。然而，在东京居住的某一天，浪矢雄治突然想回到自己的杂货店看一下，并回复一些信件。儿子开着车子去送他，然后，自己在汽车里睡了一夜。他守护父亲的身体，而父亲却要替那些问询的人守护着他们的秘密。

这便是温暖的人性，一个老人，拖着病体回到杂货店里给问询的人做出回答，其实就是将自己身体里的暖意传递出去。而儿子在外面暗暗支持着他，甚至答应父亲在未来仍然将那些信件保存好，这也是一种暖意。

小说的高潮终于在最后一章澎湃而来。《来自天上的祈祷》里，时间又一次回到现代，三个小偷又一次打开了杂货店的信箱，收到的竟然是他们抢劫了的女孩过去的求助信件。作为一个活在当下的人，三个小偷清楚地知道过去的 20 年发生了什么，于是在书信里指点着这个陪酒女的人生，竟然，真的成功了。这个成功的女孩叫作武藤晴美，在丸光园孤儿院长大的她一直有心帮助丸光园，然而意外的是被三个同样在丸光园长大的孩子抢了。还好，三个孩子因为跟踪过她，所以才找到了这家解忧杂货店。而正因为进入了这家杂货店，才有了好奇心帮助那些需要帮助的人，恰好，他们帮助了 20 年前需要帮助的武藤晴美。

　　这样圆环似的情节设计充分展示了作者的逻辑推理能力。

　　我最喜欢的是这部小说里的时间线索。一个已经废弃了的杂货店，可以收到来自几十年前的信件，这本身是可以解释的。但是，进入这个房间的人看了信件，回复的信件竟然也可以被几十年前的人看到。这就有些勉强了。

　　而小说家就是有如此强的建构能力，他用浪矢杂货店老板的死来虚化时间，然后，让时间不再是我们手机上的计时维度，而是三维空间里的时间。三个小偷中的敦也最是不相信时间可以穿越，所以，在小说的结尾，东野圭吾就让敦也走出杂货店，往信箱里投了一张白纸。他想试一下，会不会真的能将这张白纸条送到过去的时间。

果然，他将白纸条投进信箱的时间正好是浪矢贵之陪着父亲
从东京回到杂货店的那天晚上，于是，敦也收到了老人家的回
信。那封信穿过时间的隧道，深情而又有力量，劝慰他说："如
果把来找我咨询的人比喻成迷途的羔羊，通常他们手上都有地
图，却没有去看，或是不知道自己目前的位置。但我相信你不属
于这两种情况。你的地图是一张白纸，所以即使想决定目的地，
也不知道路在哪里……换个角度来看，正因为是一张白纸，才可
以随心所欲地描绘地图。一切全在你自己。我衷心祈祷你可以相
信自己，无悔地燃烧自己的人生。"

这段话是如此的心灵鸡汤，却又如此的动人。是啊，三个小
偷也从解忧杂货店获得了人生的答案。

小说里的欧洲日常

小说和现实生活的关系十分复杂，多数作者都会在小说里镶嵌进自己的行走或饮食感受。阅读小说，基本上也阅读了写作者的日常生活。

在《最佳欧洲小说 II》这套书系里，因为作者年龄普遍年轻的缘故，阅读他们的小说作品，几乎是在看欧洲现代生活的纪录片，那些贴近欧洲当下生活的细节通过作者的小说情节铺展开来。有时候，我常常想，如果将这篇小说的人物删掉，将故事的转折及高潮剪掉，那么，只剩下理发店、超市、机场和银行等生活现场，而这些生活现场既与中国有相近的地方，又有文化上的细节差异。这真有趣，通过《最佳欧洲小说 II》，我们进入欧洲的日常生活，这样的旅行，有着别致的风情。

《最佳欧洲小说 II》
〔波黑〕亚历山大·黑蒙编，李文俊等译

城市给了我们物质，同时也给了我们疾病和隐喻。

《最佳欧洲小说 II》的作者里，关注城市现代疾病的人果然有不少，看看这些标题：《傻子奥古斯特的哀伤》《逻辑癖互诫协会》《失语症》。

"逻辑癖"是一个夸张的指代，在这篇小说里，主人公是一个逻辑癖患者，他的做法是这样的："我上床睡觉前将我的衣裤一一摆放到我的座椅上去的严格次序，每天早晨我把牙膏挤到牙刷上去的精确量，同样地我是如此精确地把厕纸折成特定形状来擦屁股……"不必引录了，这厮已经疯了。擦屁股的纸需要一个特殊的形状吗？这种恶趣味式的人在中国并不少见。我曾经在豆瓣小组上发现过一个叫"爱闻胳肢窝小组"的。这些因为过于闲适而将强迫症和热爱生活搅拌在一起的现代病人，并不独独在欧洲产生。但是，欧洲的小说家们捕捉到了这一点，将他们复制粘贴到小说里，那么具有普适的指向和比喻。

《逻辑癖互诫协会》的作者阿明·库玛吉是爱沙尼亚人，生于 1969 年的他是一个精力旺盛的企业家，也热爱写小说和拍电影。他让我想起中国的冯唐，经济上高度独立的阿明·库玛吉甚至还赞助过爱沙尼亚不少电影项目。他的日常生活在小说里定然得到淋漓的展示，不知他本人是不是真的有逻辑癖，但是他的这篇有关逻辑癖的黑色幽默小说，差不多将爱沙尼亚的一个小角落的生活展示给我们并拆开了包装。

给我们用小说的模样提供了法国生活纪录片的小说家叫作玛丽·达里厄塞克，这个同样出生于 1969 年的法国女作家有着出色的语言能力。27 岁时，她的《母猪女郎》一书已经轰动全世界。她的短篇小说《乘龙快婿于尔根》有着与众不同的艺术价值。

这篇小说几乎是一台舞台剧，作者用近乎艺术家的气质叙述了一个女摄影家和寡妇母亲的生活切片。如果将这部小说的字体标成不同字体和字号，那么，我相信，一部成熟而有趣的舞台剧剧本便诞生了。

玛丽·达里厄塞克的叙述能力非常强，她这样将小说的主人公推到镜头前："我是摄影师，从拍时装照片开始我的职业生涯，后来则更多地转向肖像摄影。我喜欢拍怀孕的妇女、水果、动物和山洞。不消说，这很让人愉快；同时，我想抓住隐藏在事物下面的东西。我也不清楚那是什么，或许是它们的某些无常的状态。"

这种叙述将作者笔下的人物与作者本人重合，通常情况下，小说家总喜欢塑造离自己很近的人物和生活。相信作家玛丽·达里厄塞克身边有不少摄影家朋友。

小说讲述寡居的母亲养的一只猫丢失了，哭着给自己的女儿打电话。女婿于尔根总是能第一时间体会母亲的心思，和女儿放弃了休假，回到母亲身边安慰母亲。

这种日常的生活细节，放在中国也是极其常见的。寡居的城市老太太养了一只猫丢了，那不就是和孩子丢了一样。然而，同样是猫丢失了，故事的走向却是差异巨大的。在玛丽·达里厄塞克的笔下，母亲找到了猫的尸体后，决定将猫葬在一个动物公墓里，还举行了隆重的葬礼。

小说的结尾非常荒诞，但是关于寡居的老太太以及与摄影家女儿的关系，以及对待动物的态度，都有着浓郁的法国做派。如果有人将这篇小说改编成一个多幕话剧，那一定是一个叫座的剧本。这篇小说写了人类的孤独。小说里，各种生活现场都是法国式的，有着浪漫的艺术气质。小说里的母亲的孤独，是全人类的孤独。小说家将孤独写得深刻又独特，我读了两遍，每一遍都有不一样的收获。

欧洲"80后"女作家玛嘉·罗格维克是克罗地亚人，这个报社文化版记者出身的小说家所学的专业是妇女研究，所以，她的小说也关注女性自身的生活。在《最佳欧洲小说Ⅱ》中，她的小说《查拉特卡》是对女同性恋者的一篇细微专题介绍片。

小说以第一人称入笔，作者的某一段描述在中国作家的小说里很是常见，出租屋不隔音所带来的反应，已经是漂泊者事业成功后的一个必配描述桥段。玛嘉·罗格维克也是这样，她写她的孤独："虽然我一个人独住，我却能够感到别人的存在：邻居的每一句争吵，都会从单薄如纸的板壁传进我耳朵；到了夜间他们言归于好，又干上了，我可以从他们闷闷的或刺耳的叫唤里听出谁先乐极。"

这篇唯美的小说不仅仅写个案的孤独，还写了克罗地亚人的自然生活，主人公和查拉特卡缠绵一个晚上之后，她往城市的中心走，发现因为个人生活中的一个点变化了，生活现场也变化了。小说家是这样写克罗地亚城市细节的："我没有回自己的公寓，而是穿过铁路，去了市中心。早晨八点钟，城市显得格外陌生，陌生得几乎会迷路。我都不记得上次是什么时候起得这么早。一切是那么有趣：十几岁的孩子背着画满涂鸦的背包，穿着圆鼓鼓的冬衣奔跑着赶电车，下眼皮布满黑圈的男女大步跨向自动扶梯，无精打采的眼睛盯着胖报贩子手里挥动叫卖的报纸不放。再远一些，退休的人们提着帆布包从拥挤的电车里下来。到处飘着咖啡的香气。"

欧洲无疑是世界城市文明最为发达的地方。在这些小说的细节里，哪怕是人性的幽暗里，依然可以看到城市文明中对个体的尊重，以及对个性生活的赞许。

是啊，在《最佳欧洲小说Ⅱ》这套书里，不论是热衷于讨论生命哲学的"50后"或"60后"作家，还是用现代视角书写城市生活片段的"70后"和"80后"作家，他们区别于中国小说家的最为显著的一点是：他们喜欢在日常生活里展开对人性的反思。他们从不会将小说写成传奇，而是记录下最为平和的对话，然而，当我们沿着这对话向城市生活的纵深处行走时，我们会看到，他们在日常生活里发现了美与丑，自由与约束，反抗与绝望。

相比之下，我们的小说家过于缺少深入日常生活的能力了。

我喜欢欧洲小说家笔下的日常生活，以及日常生活里浸湿了的最为深刻的思索。

所有人的乡愁都是珍贵东西的丢失

《乡村生活图景》

〔以色列〕阿摩司·奥兹著，钟志清译

读完《乡村生活图景》，我有了浓浓的乡愁。我甚至想去我的出生地——位于河南省东部的一个村庄，我想回到那里，取出我的童年，擦干净我照片上的尘土。我百度了以色列这个国家的位置，发现这个比海南岛还小的国家，在世界地图上几乎找不到坐标。作家阿摩司·奥兹在这里写出了全世界共有的乡愁。全球化语境下，奥兹笔下的乡村与中国的乡村世界，有诸多相似之处。在他虚构的以色列村庄特里宜兰里，他遇到了形色各异的人，这些人大多怪异，暗淡，又或者保守，怀旧。他们适合在乡村的阳光下生长，他们让奥兹的乡村有了人性的共性，让奥兹将触角伸到了时间内部。在乡村生活中，时间被切割为外部和内部。内部的时间属于乡村，而外部的时间属于那些匆匆而过的游客。

　　奥兹用一部小说集，将乡村的内部切开。打开小说集的第七篇《歌》，会发现，奥兹借着一个安息日的晚会，让村子里不少人聚集在一起，小说的各个主人公才有了这次聚会。而在这次晚宴或者安息日歌会之前，这些人散落在各个小说里，在他们自己的身份里晒太阳，听虫子的叫声。

　　我喜欢奥兹在小说《歌》中引用的歌曲名字，有时代的伤感和痛感，也有打破地域限制的调皮。比如《世上的一切转瞬即逝》《抬眼望天空，问天上的星星，你的光为何没有照到我》《河岸有时在思念一条河》，这些歌曲准确，抒情，甚至充满了诗意。然而在这篇小说里，他们不只是歌唱，也会交流对世事和时事的看法，比如讨论广播新闻中以色列空军的飞机炸掉了来犯敌人的目标。晚会的女主人吉莉·斯提纳不喜欢战争，说："没什么可庆贺的，暴力与暴力互为因果，报复与报复相生。"而站在一旁的约西·沙宣则很激动，说："那么你的建议是什么，吉莉？我们什么也不做？把另外半边脸也送上去？"这是人性被地域绑架的共性。而越是底层的人，则越会计较自己所处地域的公共利益，哪怕这种利益和自己的关系并不密切。

　　约西·沙宣是小说《迷失》的主人公，这篇小说也让阅读者迷失。男主人公约西是村里的房产代理人，而他看上的房子是特里宜兰村庄唯一的一个作家的老宅。目前这个老宅住着两个女人，作家的母亲和遗孀。而房产代理人多次打电话找作家的妻子芭提雅·鲁宾商量房子买卖的事情，均被拒绝。直到有一天作家的妻子主动约见约西。约西当时的念头是这样的："我立刻打定主意，不带任何买主去见她，而是自己把'废墟'买下，而后把它拆毁，卖地皮赚的钱比卖房的钱更多。"然而，当约西上门去找作家妻子的时候，发现只有作家的女儿雅德娜一个人在家里，她大约 25 岁，回到家里写一篇论文。雅德娜喜欢这个老宅子，她甚至想自己买下来。所以，她不喜欢外人买去。她领着约西到处参观老宅，甚至还领着约西到了地下室里。最后，她给约西唱了一曲摇篮曲，让约西充满了睡意。而她呢，"打着赤脚的雅德娜亲吻了一下我的脑袋，把我留在轮椅上。她自己像舞蹈演员似的踮着脚，拿着手电筒走上台阶。她关上门，把轮椅上的我留在那里，陷入沉睡"。

小说结束了，我觉得这是一桩完美的杀人案。打完电话约见面，可是作家的妻子和母亲又恰好出门。这大概是和作家的女儿商议好了，又或者是作家的女儿单独设计的圈套。等着房产经纪人来了，她给他讲家里的故事，吸引他跟着她一起去参观。在此之前，她坚持让约西喝点什么。而等约西和她一起到了地下室之后，便开始感觉瞌睡。难道不是雅德娜在水里放了催眠的药物？雅德娜做这一切都是为了不让母亲将老房子卖掉。

然而，等我接着看下一篇《歌》的时候，约西又出现了，甚至像个愤青一样质问宴会主人。显然，他并没有死，而我之前的阅读猜测全部失效。约西只是迷失在那个老宅里。这个老宅是特里宜兰村最后的老宅了，如果被约西买下拆掉，那么，乡村的一部分记忆也会随之丢失。村子里著名作家的故居没有了，从文化上来说，这是对文明的犯罪。

约西在小说的最后这样想："我知道一切都会顺利，不用操之过急。"这是物质对贫穷的碾压。强拆，以及无视传统文化的胡乱开发，是全球化背景下的共同的乡愁。

同样是写乡村遗产的归属，小说集第一篇《继承人》也是对乡村财富观的观察和呈现。阿里耶·蔡尼尔克所住的房子在特里宜兰村一个非常舒适的位置，而这个村庄的风光又异常美好。所以，这里已经被城市的中产阶层盯上。这个外来者这样劝说蔡尼尔克："这套房子可以拆掉，改成一座疗养院。一座健身农庄。我们可以在这里建造一个在整个国家中都无与伦比的地方：纯净的空气，静谧的田园，普罗旺斯托斯卡纳般的乡村风光。中药治疗，按摩，冥想，精神指导，人们会为我们这里提供的服务出个好价儿。"

这便是城市人的价值观，这种将资本用在资源美好的地方再生出新的资本的做法，在全世界范围内畅通无阻。那么，这样的城市伦理，自然很容易就将贫穷的乡村挤压。作家奥兹看到了这一点，他写下这些事实的同时也呈现了他自己的思考和悲伤。

　　奥兹的乡村图景，自然不只是呈现利益的博弈，也会有亲情。乡村亲情有别于城市，乡村的逻辑是过度的热情。生怕别人吃不饱穿不暖，生怕每一个到自己家里的亲戚走了以后埋怨自己。我小时候最喜欢走亲戚，原因便是在亲戚家里有存在感。到了亲戚家，和我年纪相仿的表哥表姐不能和我抢好吃的。亲戚会让我先吃，吃饱了，才让他们自己的孩子吃。这种特殊的待遇既摊破了乡村社会的纯朴，也让乡村价值观的共性有了可比照的例子。奥兹笔下的吉莉·斯提纳就是一个过度热情的乡村医生，她的外甥说要到她家里来，她便很早就坐在车站那里等着。结果，车来了，车上的人全都下了，她的外甥没有来。她呢，担心外甥会睡在公交车的最后一排，一个人又折回去，找到司机的家，查看了一下汽车的最后一排。没有发现外甥的影子。她呢，又开始担心外甥可能下错了车，又或者径直打车到了她家门口。总之，一个将别人的重要性排在自己前面的乡村女性形象刻画得非常妙。

　　《等待》和《陌路》是奥兹对乡村爱情的观察。《等待》中女主人公娜娃受不了丈夫本尼·阿弗尼当村长以后工作狂的样子，决定离家出走。这一点上，奥兹笔下的乡村已经有了都市村庄的生活样态。对于妻子的出走，奥兹写出一个因工作原因忽略妻子的男性的共同体验。小说的结尾，村长坐在妻子离家出走前坐过的椅子上，等待着妻子归来。这多少有一种换位思考的意味。奥兹写出了以色列文化中男性权利和女性权利的均等，尤其在一个乡村的生存语境下，奥兹的描述让我们看到了以色列文明的特征。

相比《等待》的中年情怀，《陌路》观察的是乡村男性性早熟的一面。17岁的中学生考比喜欢上比他大一轮的乡村邮递员阿达。情感经验的缺少和错位，注定了这个17岁中学生不懂如何表达自己的感情。这篇小说最有意思的部分，是作者从另外的角度给读者展现了以色列乡村邮局和乡村图书馆的风貌。甚至，奥兹在这篇小说里，还让村里的老太太们到阿达兼职的村庄图书馆里去借一本"奥兹"的书。这真是好玩极了。

阅读奥兹，我常被他出乎意料的句子逗笑。他写拉海尔的父亲佩萨赫洗澡后的动作时这样造句："最后他用一条厚毛巾连续拍打身上的水珠，好像正在擦拭一口油煎锅。"别笑，还有。他写阿迪勒和猫们交流时这样写："他总是用阿拉伯语和猫们展示令人尊敬的长谈，总是声音低沉，似乎在向它们讲述秘密。"在形容一个人的容貌时，奥兹这样写道："他身材粗壮，肩宽背厚，但两条腿却十分瘦长，整个人看上去就像两根棍子支着个衣柜。"这一句简直了。

译者钟志清先生介绍，《乡村生活图景》的构思源自奥兹的一个梦境。而小说《挖掘》整篇也似一个梦。乡村生活意味着节奏会变得很慢，意味着人与人之间熟悉，意味着一个人悲伤了，那么全村的人都会参与这份悲伤。一个人喜悦了，全村的人都会分享这份喜悦。乡村生活，就是熟人社会的切片生活。奥兹在这本书里给他生活的以色列乡村拍了照片，那些渐渐逝去的人，卖掉的老宅子，以及疏远的亲人，是他的乡愁，也是我们的乡愁，甚至是全世界的乡愁。全球化的语境下，除了宗教和文化差异之外，我们的很多情感都被物质打通，被价格打通，被失去的东西打通。

让小说中的人物从头到尾
都在讲道理，是可能的

麦克尤恩原来如此擅长逻辑学，让人惊讶。我对他的印象一直停留在《最初的爱情，最后的仪式》里，感性，诗意，有冒犯感。然而，他很快便度过了这样的青春期。

《儿童法案》呈现了作者处理并列关系的故事的能力。通常情况，一个小说家，会在讲述中强调故事的切口，高潮的设置，以及留白的空间。不论篇幅长短，对于一部小说来说，结构差不多意味着该如何递进一个故事。而麦克尤恩的《儿童法案》将小说中递进关系的部分差不多放弃了。他用双线索叙事，本来就是在弱化故事的悬念感，又加上主人公所处理的案件差不多是并列的关系，所以，读者在阅读过程中，常常有一种被故事抛弃的孤独感。

《儿童法案》
〔英〕伊恩·麦克尤恩著，郭国良译

是啊，麦克尤恩为何不带着我们向故事纵深处奔波，他停留在争执的现场，逻辑和思辨的细节到处都是，仿佛一个优秀的逻辑学研究生的作业本。

麦克尤恩在小说《儿童法案》中化身为一个名叫菲奥娜的女法官，因为工作的关系，她和自己的老公杰克陷入婚姻危机中，而正是因为她长时间冷落老公，导致老公出轨。这是菲奥娜的生活困境。

这再正常不过，我们每一个人都有可能在日常生活中陷入危机，或者起于感情，或者源自物质和财富。《儿童法案》中，菲奥娜让人担忧的是，她长于分析论证，并得出合理的结论，凡事只要经过她的眼睛，便会公式般获得标准答案。而知道答案的她，却不能按照换算公式中的步骤去生活。是的，她不过是一个有着人性缺陷的人。

在小说中，麦克尤恩给了菲奥娜三种东西：音乐，超强的逻辑能力，爱情。

音乐是她工作以外的爱好，她弹得一手好钢琴，并且对音乐有着专业的鉴赏能力。这让她这样一个理性的法官多了一丝让人惊喜的部分。而逻辑能力则是工作的根本，每一次面对那些棘手的案例，她的判决都是对人类文明的扩写。爱情是女人活着的日常饮食，而年届六十的菲奥娜面临着一道两难的爱情难题。

《儿童法案》围绕一个孩子的输血案铺展开来。那个还差3个月就要满18周岁的男孩亚当·亨利，他和父母都是虔诚的教徒。当亚当被诊断出白血病，为了阻止治疗药物对他血小板和白细胞的伤害，医生让他输血。这个时候，案情发生了重大的变化。具有相同宗教信仰的人，均不能接受输血，他们认为别人的血会造成自己精神的污染，输血比死亡更可怕。

医院的法律顾问打电话给菲奥娜求助的时候，时间已经非常紧迫。白血病患者亚当·亨利面临着死亡威胁。白血病的传统治疗方式中，有两种药会对患者的骨髓造成坏的影响，进而影响患者的免疫系统，其直接的结果是，患者的红细胞、白细胞以及血小板的生产能力将受到巨大的影响。这个时候，只有输血才能维持患者的身体平衡。如果不输血，那么病情将会很快恶化，先是呼吸困难，然后可能出现内出血以及肾衰竭，直至死亡。

然而，孩子的父亲因为信仰的原因，认为亚当不能输血。在他们的认知世界里，每个人血液都是单纯的，别人的血液意味着对生命的污染。如果违反了，便将自己终生所坚信的世界打碎了。接下来的生活会更痛苦。从信仰的角度来说，父亲认为亚当本人也不会同意输血。

在法庭上，双方律师对《圣经》中关于输血的原文进行了细细的解释。然而，固执的信徒们很难脱离信仰本身来谈论疾病。

菲奥娜决定亲自去医院探望一下亚当，她想知道，还有 3 个月便 18 岁的亚当本人的看法。

作为一名职业生涯十分辉煌的法官，菲奥娜觉得她需要彻底摸清亚当的真实想法。她当然想要救他，但是，她也尊重一个人的信仰。她和少年亚当刚刚见面不久，便直接抛出了她的问题："他可以随心所欲地用白血病来剥夺你的生命吗？"

菲奥娜所说的"他"是指亚当所信仰的上帝。

亚当回答说："是的。是那么回事。"

菲奥娜自然将他的疾病以及如果不输血所造成的后果向他如实陈述。她强调的是，如果输血，那么亚当可能会完全康复。而如果不输血，可能会死，也可能会出现另外的局面，比如双目失明，或身体残疾，甚至肾脏衰竭，以及因脑部受到刺激而变得愚蠢。

亚当被菲奥娜的提示所激怒，但他出于对信仰的坚守，仍然如实地回答她："我恨这样，但假如事情真这么发生了，我只能接受。"

菲奥娜一直想知道亚当为什么拒绝输血，尽管亚当的父亲已经在法庭上说过了，但是她想知道，亚当对于输血的理解究竟是家庭的灌输还是他个人经过认真思考之后的意愿。因为如果这是来自家庭的影响，这有着一个孤独的孩子示好于父母的因素。那么，她便可以认为患者并没有完全自主选择。而亚当很快否定了她的预测，亚当用个人的理解为菲奥娜布道，讲述他对信仰的理解，以及他为什么拒绝输血。

亚当谈论血液的本质，以及生命的单纯。他还谈论了自己所理解的玷污，以及失去单纯信仰后的生活的盲目。所以，菲奥娜确信了他父亲所说的话，亚当是可以自己做决定的，但他是拒绝输血的。

然而，让人惊讶的是，菲奥娜回到法庭上，便判定了医院要及时给亚当输血，以挽救亚当的性命。

菲奥娜的逻辑必须要说服所有的人，否则，一个法官强行干预一个有着宗教信仰的人的决定，对方可能会根据相关的法律法规进行抗诉。

菲奥娜借助同行沃德法官曾经审理过的案子来说明她的理由，她违背患者亚当本人的意愿强行让医院进行输血治疗，是完全为了亚当的福祉。如果亚当过了18岁，那么，菲奥娜便无权再对他的行为进行干预。而恰好是因为这珍贵的三个月，哪怕亚当已经非常明确地告知过菲奥娜，他愿意为了信仰死亡。但菲奥娜觉得，他个人的成长史过于单纯，在过去相当长的时间，他在具有某种宗教信仰的家庭环境中长大。所以说，亚当对世界的认知，一定会受到父母的影响。而这些影响或多或少对他本人都是一种约束。

对这种约束，亚当本人几乎是意识不到的。而这样的视野上的约束，会让他做出错误的选择。菲奥娜判定让医院违背亚当的意愿来输血，也是想给他另外的机会，让他扩大自己的视野，让他有机会知道，这个世界不单纯只有黑和白两种颜色，还有更多的空间，更多的判断。

菲奥娜干预了亚当的人生，她救了他的性命。同时，菲奥娜也给亚当的信仰带来了另外的出路。亚当在失去信仰以后，到处找她。显然，亚当将菲奥娜当作了新的信仰，他爱上了她。

可是，此时菲奥娜正陷入自己的爱情泥潭里，她既没有精力和自己的老公杰克恢复到甜蜜如初的境地，也没有精力和一个新生的少年玩精神上的恋爱。

亚当跟踪菲奥娜，终于找到了她。他向她表白，亚当将菲奥娜当作自己精神上的启蒙者。他甚至认为自己之前的信仰是在一间封闭的房间里玩耍，而菲奥娜无意中撞进了他玩耍的房间，亚当有机会走出房间，才知道世界是什么样子。亚当感激菲奥娜，甚至从内心里亲近她。

少年的偏执让菲奥娜知道，她又要面临一场审判。和法庭上的审判不同，这一次她要审判的是她自己，是她与亚当的这一层突然泛起的情感波澜的关系。她那么理性，当然知道以什么样的方式拒绝亚当最安全，然而，让她出乎意料的是，她的拒绝，让亚当又一次回到了他原本的信仰里。3 个月后，他 18 岁生日过后，因为白血病复发，他坚持不再输血。事实上，这相当于，他选择了自杀。

　　《儿童法案》这部长篇小说，最让人佩服的是，一个作家如何处理自己并不熟悉的领域。麦克尤恩具有这样的能力。他显然并不是法律专业的人士，然而他的写作像一个浸在法庭几十年的书记记录员，既简洁明了，又充满了逻辑的结构感。

　　作为高等法院的法官，菲奥娜处理了一系列经典的儿童法案。在这部长篇小说中，麦克尤恩至少罗列出有着逻辑争议的儿童法案六七桩，其他几桩案例都是一笔带过，他主要的笔力，放在了亚当的输血案上。

　　可以这样说，麦克尤恩用近乎并列的方式写作了一部长篇小说，他在主叙事的侧面角度里，用闲笔写菲奥娜的逻辑能力时，一个一个案例插进来，既介绍了菲奥娜的逻辑能力，又增加了小说的可读性。

麦克尤恩在《儿童法案》中创造了一个经典的人物形象，她从头到尾都与人争论事实的真相，处理公平和正义，以及用清晰的条理帮助人们找到事情的原本的记录。她在电话里，在车上，在家里，在法庭上，在任何一个语境下说出来的事情，都是在逻辑上与人争执。

这个天天在外面与人争执，并最终做出法律判断的女性，哪怕是在自己的家里，她也是用法官的思维方式在和丈夫杰克交流。是的，她一遍遍地查找杰克的漏洞，并适时地组织语言反攻。

如果说法庭上的菲奥娜是一个注重公平和公正的人，那么，在家庭里，她注重的是杰克的妥协。她当然知道自己有问题，然而，法官的思维已经像一个信仰一样捆绑了她。她的思维被很多固执的词语所限定，面对杰克的出轨，她只能当作审判对象一样来陈述逻辑的起点。

让小说中的人物，从头到尾都在讲道理，是可能的。麦克尤恩做到了这一点，而且从阅读的节奏上来判断，一个好的法官，一定是常识的拥有者，是法律的解释和应用者，更是启蒙者和施救者。从这个角度来看，麦克尤恩写了一个启蒙读本，这册《儿童法案》，差不多是在教育我们这些成年人应该如何拥有对常识的判断和无懈可击的逻辑归纳能力，这部小说可以当作一册完美的逻辑学读本来读。

一次并不快乐的旅行

　　私下里，我个人觉得，阅读青山七惠，差不多是对日本20世纪80年代出生的城市青年的价值观的打量。在青山七惠最新长篇小说《快乐》中，她努力将自己抽身到故事以外，冷静克制地描摹日本社会中一部分小中产努力打拼成功后获得了地位，也抱得了美人归后的病态心理。

　　本书在准确克制地描述婚姻生活中男女心理的同时，也体现了作者青山七惠对现实婚姻中欲望不能满足的青年男女在认知上的片面或偏执。整部《快乐》写了一次旅行，使我想起当年阅读苏童《黄雀记》时留下的印象，苏童写了三个让人讨厌的人。这一次，青山七惠写了一次并不成功的旅行，青山七惠作为一个导游，她带的这两对夫妻，却是四个在婚姻中的病人。

《快乐》
〔日〕青山七惠著，岳远坤译

四个人的病症各不相同。发起这场旅行的是慎司，一个长相不堪的男人，一个出身不好的男人，一个通过努力终于克服了自己的身体缺陷，并获得成功和社会地位的人。他在获得地位的同时，也为自己赢得了女人缘，并在众多女生中挑选了长相无可挑剔的耀子结了婚。然而，结婚后，成功男士慎司不是好好经营自己的婚姻，而是常常生出一种对妻子嫁给自己的动机的怀疑。他虽然掩饰了自己的自卑，但在内心深处，他不相信妻子是心甘情愿地嫁给自己的，不过是被自己的经济基础所诱惑，一旦有出轨的机会，他相信妻子一定会背叛自己的。抱着这样的假想，他一次又一次地给妻子制造出轨的机会，然而妻子却始终不上当。这一次，和他的合作伙伴德史夫妇一起去威尼斯旅行，也是慎司对妻子耀子的一次测试。

　　是的，慎司的确是一个病人。相比较而言，慎司的妻子耀子的病症要轻许多。耀子是一个身材完美且长相诱人的女孩。和慎司走在一起，常会让人生出一种鲜花误投的遗憾。耀子的疾病在于，她没有找自己的真爱，她的确并不爱慎司，但是，她明明被慎司猜中了心思，却不愿意按照慎司的设计来。她恨自己被慎司猜中，所以，只好无论如何也不配合慎司的规划。

　　这一次慎司想通过旅行，让妻子耀子和一起外出旅行的德史能有一次婚外情。

　　怎么说呢，这既是慎司的心理疾病，也是他表达对妻子的爱的方式。他深知耀子嫁给自己委屈了。但是耀子的虚荣心逼得她必须找一个经济条件好的，所以，耀子的虚荣心在婚后被病人慎司的自尊心所束缚，她逆着慎司的安排，一点点回到一个贞洁的家庭妇女的道路上来。这让慎司感到非常惊讶。他知道，耀子是一个不可能为他守身的女人，所以，他希望耀子在婚后也能有自己的交际圈子，可以继续像他追求她的时候一样，让别的男人也围着她转。

在《快乐》中，青山七惠这样描述慎司的病症："慎司看着妻子的背影，兴奋得起了一身鸡皮疙瘩。只要看到别的男人垂涎自己的妻子，他便感到无比幸福。他想象着妻子赤身裸体被那些肌肉发达的外国男人侵犯时的情景。他非常喜欢这样，在光天化日之下，一边面带和蔼的微笑，一边进行着这种龌龊的想象。"

这是慎司让自己的老婆耀子去和那些游船上的船夫讨价还价时的情景，他知道耀子天生擅长与陌生的男人打交道。

而一同旅行的德史夫妇，是慎司的生意合作伙伴。德史夫妇打理了一家咖啡馆，慎司答谢客户的一次活动在德史的咖啡馆举行，德史的服务得到了客户们的好评，为慎司挣来不少的赞美。这便是慎司邀请德史夫妻一起旅行的原因，为了答谢上次的周到服务。还有一个原因，便是慎司的朋友送给了他们一些旅行的优惠。

作为病人的德史，是一个长相完美的男人。不但模样周正，身材也高大。德史的病症是贪吃，每一次吃自助餐的时候，都会吃很多很多，那是一个人欲望的象征。一个吃得很多的男人，意味着现实生活中有很多欲望得不到满足，所以只好用吃食弥补。

他的妻子芙祐子第一次看到他就觉得是自己喜欢的男人，不计一切后果地对他好。芙祐子知道自己根本配不上德史，但是她实在太喜欢他了，为了他，她几乎可以吃一切苦头，把生活中甜的部分都给德史。她用自己的付出打动了德史。为此，她失去了自己。

芙祐子的长相是那种胖得像个甜甜圈一样的女人，虽然有些卡通，但实在是难看。婚后，她的模样更加让德史失去欲望。这大概才是德史食欲大增的原因。

在形容芙祐子的长相时，青山七惠展示出一个"80后"女作家的刻薄，她是这样写的："芙祐子弱弱地抬手指着一艘停在运河上的货船。她就像完全变了一个人似的，脸色苍白，不停地伸出舌头舔着嘴唇，就像一条吃多了鸡蛋的蛇。"

是的，芙祐子晕船了，她的胖更是成为大家嘲笑的话题。

在酒店里，德史和芙祐子的性事也被青山七惠看到，她几乎用讨厌的心绪来写德史夫妻："他们在这个整洁干净的小房间里，像往常一样按照固定程序草草地做了爱，然后伸开心情的四肢，胡乱地躺在床上。"

　　青山七惠试图用两对夫妻，四个病人来概括日本当下的城市婚姻生活现状。自然，她以偏概全了。但是，小说必然是取景框，我们也允许小说作者选择生活中较有起伏的段落来叙事。

　　只是可惜的是，作为导游的青山七惠，并没有让这一段关于婚姻、家庭、爱和责任的旅行进行下去。

　　有着受虐情结的慎司，试图用这样一次旅行，来完成妻子的一次婚外情。他内心的想法是对妻子的虚荣进行一次身体上的补偿。但是随着小说的深入，慎司发现，自己的旅行还有逃避一场乱伦的爱情的缘故。因为，慎司和耀子姐姐的女儿发生了不伦的性行为。一开始，慎司认为自己占有的是耀子的少女时代，再后来，他和那少女的脸上都起了一个水泡。他觉得可能得到了上天的惩罚，主动终止了这一段感情。然而，两年以后，他们又一次联系上了。而且，从那少女的眼神中，慎司发现了一种单纯爱情的恐怖。

　　这种露水一样的情感，一开始并未引起慎司的注意。直到这一次旅行出来，慎司才发现，他在内心隐约受到了那少女的影响。

　　旅行的一个意外是，芙祐子和他们三个人走散了，失踪了。

于是，三个人开始寻找芙祐子。这充满了隐喻，一个最不受大家关注的女人，必然会消失在人海里。

为了增加小说的戏剧性，青山七惠故意设计耀子的初次性爱给了德史。几乎是被德史性侵了。从此以后，耀子试过很多男人，都没有德史的强暴带给她的快感更真切。所以，耀子选择慎司结婚，也有着对性爱快感放弃的元素。直到这一次外出旅行，耀子才记起了。原来，十年前那个夺去她贞操的男人竟然是德史。

德史呢，也被旅行中一个意外出现的鞋匠迷奸，那是一个和德史一样食欲旺盛的中年男人，他不论男人女人都爱，他用药迷倒了德史，并强奸了他。是这个鞋匠唤醒了德史的欲望，让德史知道，当年那个在鲜花店被自己性侵的女人现在就和自己在一起，她便是耀子。

于是慎司一开始便期待的婚外情发生了。

从旅行开始时，耀子生气地对着慎司说，我是不会和德史先生上床的。到旅行快要结束的时候，她和德史在床上颠倒的时候，正好被慎司撞见。故事似乎可以结束了。

这次治愈自己的旅行中，慎司的病仍然没有治好，他的伦理虽然已经无限打开，以为自己是一个开放婚姻的支持者，然而故事结束时，他变得更加沉默。而德史呢，这个将欲望转移到食物上面来的男人，以后会不会与芙祐子有心理上的障碍呢？

这是一部反思婚姻的小说。作者试图用一次旅行来治愈婚姻中过于熟悉庸常的审美疲劳。然而，作者并没有准备好治疗疾病的对症药方，而是让旅行中的人陷进肉体的泥潭里，事后，只剩下一身的疲倦与空虚。

青山七惠的女性直觉是好的，但是在《快乐》这部长篇小说中，呈现出她对普通城市婚姻的陌生。仿佛，她只能用这种志怪的方式，才能表达自己对婚姻的思考。其实，不论是现代化进程已经两个世纪的日本，还是刚刚进入城市化的中国，城市文明给男女两性带来的约束远不止欲望和受虐这样狭窄的主题，还有更为宽阔的书写空间，且指向人性更为丰富的黑洞。

看完这部长篇小说，总觉得青山七惠是一个失败的导游，她让自己的游客失联，并陷入婚姻的迷雾中，找不到方向。而事实上，她笔下的夫妻是能够找到那河流的出口和城市的位置的。只是作者为了自己的执念，强迫着笔下的人物陷进身体的悲剧里，不能越过迷雾，找到婚姻的方向。

不自然，刻意，甚至强迫笔下的人物在个人历史的渐进中变形，这是对小说人物的不尊重。青山七惠在这部作品里，没有听从生活的召唤，而只是沿着欲望，用近乎冒险的情节来推动人性的流动和丰富。这也是对小说格局的挤压和破坏。随着小说中两对夫妻旅行的结束，这部小说并没有解决任何人性的升华或者堕落，这是一部结尾几乎失败的小说。

现实主义写作的绳子易断裂

《温柔之歌》特别适合中国读者，因为我们的现实环境。在 2017 年度，有两个新闻让中国所有家长忧心难过。一则是北京红黄蓝幼儿园虐童事件，再一则便是杭州女保姆纵火烧死主人一家四口案件。《温柔之歌》的故事像极了杭州保姆案，一个在外人眼里完美得像天使一样的保姆，一个和雇主家庭一起出国旅游的保姆，最后竟然杀死了她所看护的两个孩子后自杀。除了悲伤之外，这个案子似乎隐藏着一个巨大的人性漏洞，需要新闻媒体、心理医生以及作家进行深入的挖掘，才好让读者知道事件的真相，也好避免类似的悲剧再次发生。

现实主义写作，这些年来一直是世界写作的风潮及走向。不论是虚构类作品还是非虚构

《温柔之歌》〔法〕蕾拉·斯利玛尼著，袁筱一译

类作品，对现实中的问题发言，又或者通过现实问题对人性进行讽刺一直是现实主义创作的指向，同时也是包括诺贝尔文学奖在内的各大文学奖项的评奖标准。米兰·昆德拉获不了奖，是因为他过于追求自我，而莫言以及阿列克谢耶维奇等人获奖，则与他们一直持续进行现实主义创作有着密切的关系。

然而，过于靠近现实，作家尤其是小说家是非常吃亏的。这些年来的成功的影视作品，也可以作为例证，比如新近崛起的韩国电影，不论是前年的《辩护人》还是2017年度的《出租车司机》都是经过了40年的时间跨度，等一代人渐渐老去，远距离观望那一段历史，才有了足够清楚的思考空间。同样是现实主义作品的中国电影《天注定》则因为和现实关系过于紧密，使得读者缺少审美距离，即使是擅长文学创作的贾樟柯也无法改变写作者与现实的紧张关系。

《温柔之歌》这部反映现实题材的保姆杀人案的长篇小说，也带给人这样的阅读体验。在接受采访的时候，蕾拉·斯利玛尼说出了《温柔之歌》的写作来源，是一则美国的社会新闻。那个新闻中杀死孩子的保姆叫路易丝，她直接在小说中用了原名。

作为一个移民作家，蕾拉的成长史和中国大多数乡村成长起来的一代人一样，被自己的认知束缚。17岁那年她到法国读书，有了看待世界的新视角。看得出，经历过文明的启蒙，她便再也回不去自己的故乡。在自己的祖国摩洛哥工作几年以后，她还是移民到了法国。蕾拉是一个幸运的写作者，生于1981年的她，《温柔之歌》是她的第二部作品，甫一问世便获得了2016年龚古尔奖。不少法国作家都认为，蕾拉的出现让法国文学有了希望。

然而读完《温柔之歌》，我却相当失望。这部探讨人性黑暗的小说，除了拼贴叙述以及语言的舒适，作者没有能力沉潜到人性的深处。如果只是把保姆路易丝的日常生活拼贴出来，那么，资深的记者便可以做到。而一个小说家一定要找到人性的答案。蕾拉努力打捞保姆的人生碎片，她甚至找到保姆路易丝的人生账单，以及疾病治疗卡片。但是，蕾拉却没有找到杀人的逻辑。她作为一个故事的讲述者，所讲的内容不过是报纸报道过的碎片的整合。

《温柔之歌》的写作给我们呈现的是当下的法国日常。一对法国底层夫妻的生活现场，丈夫保罗在一家唱片公司工作，妻子米莉亚姆在经过长时间的全职主妇生活之后，决定到同学开的律师事务所重操旧业。两个孩子，并不宽裕的住处，甚至保罗的劳力士手表都是二手的。这种种细节呈现的是一个法国普通青年的生活困境。他们连中产阶级都算不上。

然而，因为妻子米莉亚姆要上班，所以，他们招聘了一个保姆照顾两个孩子，路易丝进入了他们的家庭。

他们对路易丝进行过调查，包括打电话到她的前任雇主那里去。是的，路易丝的前任雇主给她的评价甚好。好到什么程度呢，蕾拉这样写那个雇主的评语："她简直就像是我两个儿子的第二个母亲。我们不得不和她分离的时候伤心极了。这么和您说吧，那会儿，我甚至想要再生第三个孩子，好留住她。"

路易丝就是以这样的人品积分进入保罗和米莉亚姆的家庭里。果然，她很快便得到了两个孩子的喜欢，最重要的是，她有上好的烹饪手艺。好到保罗和米莉亚姆开始请自己的朋友到家里来聚餐，以分享路易丝的美好厨艺。

《温柔之歌》采用多线索叙事，从结构上来说，是一部精巧且干净的小说。语言也是，对于女性内心的描述，都是可信的。蕾拉动用了她观察女性的全部经验，用于建立一个女保姆的形象。对于一个生过孩子且有着良好家庭生活的女性，这不是有难度的事情。

在小说中，保姆路易丝有着自己的人生困境，她离世的丈夫给她留下了一笔数目不小的债务。这是她现实生活困窘的原因。而她的女儿则彻底离开了她的生活，杳无音信。这是她精神孤独的另一个源头。

路易丝的现实是，她十分投入地进入她所服务的家庭，比如，她有时候会用自己的生活习惯来改变主人家的生活习惯。这是一种观念的碰撞。她的出发点是好的，但却自以为是。这种以为对别人是好的便做了，是底层人的一种过度的善意。就像是一个嘬完筷子头又用自己的筷子给别人搛菜的女人一样，她觉得自己是善意的，哪知对方是在意的。

路易丝的账单因为没有及时偿还，所以，寄到了她所服务的保罗家里。米莉亚姆看到以后，对路易丝说了一些质疑的话。这让路易丝很尴尬，她不知道该如何轻松地解释她前夫欠下的外债。她装作轻松，但又缺少解释的经验，对保罗说得颠三倒四，让米莉亚姆很是怀疑。

路易丝的故事和中国杭州保姆案的故事都有大量重复的生活细节。比如路易丝是因为丈夫去世后给她留下了大量的债务，而杭州保姆是因为自己赌博欠下了不少的债务。路易丝为了能让雇主相信自己不得不假装轻松编造理由，而杭州保姆也是如此，为了还赌债，她向雇主编了故事，并成功借到一笔钱。

在写作《温柔之歌》时，蕾拉搬出了保罗和米莉亚姆的女邻居"露丝·格林伯格"，她曾经在路易丝杀害两个孩子之前见到过路易丝的无助。路易丝向露丝·格林伯格求助，说她需要挣钱，问格林伯格夫人需要小时工吗，当时格林伯格夫人被路易丝突然伸过来抓住她胳膊的手吓着了，她没有答应路易丝的要求。

这是作家对路易丝经济危机的描述。

经济危机击溃了一个保姆，这是有可能的。但是，由此就让保姆杀人，且杀害两个和自己的经济危机无因果关系的孩子，这显然没有建立起合理的逻辑。

因为，报复总需要一个完整的链条。比如，保罗和米莉亚姆欠路易丝的工资不给，又或者有意克扣她的工资。这些都会让保姆心生怨恨。然而，不但没有这样的事情，保罗夫妇还带着路易丝到国外旅行，甚至在对朋友们介绍的时候，会说：路易丝是一个仙女。

故事到这里，作家已经开始失职。因为，只是分镜头地描述保姆路易丝的人生切片，并不能解决人性暗处的恶来自哪里。那么，小说与现实的距离只会越来越远，而且小说的意义也减半。

作为一部文学作品，我个人觉得，逻辑、人性以及细节都要经得起读者的审视。是的，小说所表达的主旨可以远远地高于生活本身，但是，其细节以及人性的逻辑应该是现实社会的一根绳索，既可将作者的生活穿在一起，也需要将故事中人物的命运串在一起。这根绳索是带着读者辨认小说走向的重要信物。它一定要显眼、合理甚至结实。

而《温柔之歌》中人性逻辑的绳索便是断裂的。路易丝只是因为自己的生活出现了经济危机，便将自己看护的孩子当作了发泄的对象，这显然不符合人物的性格流向。因为路易丝并没有任

何人格的障碍，她爱孩子，她投入地照顾孩子。虽然有时候会和孩子的父母有一些观念的冲突，那也只是"如何对孩子更好"的经验冲突，而不是恶意的冲突。"80后"女作家蕾拉·斯利玛尼缺少的是深入人物内部，将人物性格的洞穴挖开来，细细用手电筒照亮，标出坐标，找到人性恶的来源。这才是小说家的高明之处。而显然，在《温柔之歌》中，除了现实主义的描述，蕾拉的叙事绳索被她自己主观剪断，成为一部浅度现实主义作品。

蕾拉《温柔之歌》的最大缺陷在于她没有找到人与人之间相处的张力。蕾拉没有采访到路易丝工作以外的朋友，她的亲人，她童年时所受到的伤害以及她更多的人格障碍。一个看似仙女一样的善良的保姆，如何会杀人？这是一个既打击读者想象力又挑战读者想象力的故事，然而，看完小说之后，我们发现，写作者与读者的水平相当。整个故事低于生活真实，读者甚至有些失望，在故事表象之外，作者没有帮读者找到杀人者内心的河流流向。

从人性的角度来分析，我个人觉得，《温柔之歌》不如杭州保姆纵火杀人案更有典型意义。杭州保姆一开始并不想杀人。她只是想制造一个假象，来毁灭她偷窃的证据。没想到火势得不到控制而杀了人。这便是一个愚蠢的人用自己的逻辑杀人。大量的新闻报道了她的既往史，她偷窃是因为她爱赌博且常常输钱。在这简单的描述里，逻辑链条完备，保姆人性的弱点毕露。

小说家只需要解决一个女人在放火的那一瞬间究竟在想些什么，便是最为动人的想象力练习。

而《温柔之歌》，蕾拉缺少对逻辑的搜寻。根据警察、房东以及邻居的口述，给出的答案是，路易丝经济遇到了危机，她不能失去这份工作。最为不可理喻的是，蕾拉让路易丝产生这样的念头，随着亚当的长大，她可能会失去这份工作。所以，她想杀掉这两个孩子，让保罗和米莉亚姆再生一个孩子，这样她才可以长久地在他们家里做下去。这是一个逻辑上的败笔，怎么可能？如果是这样的话，为何还要自杀？那应该更加用心地做一场灾难，自己活下来才好啊。

基于这种逻辑的病态，所以，我对龚古尔奖给了《温柔之歌》这部作品有了怀疑。在全球化的语境下，不只是中国的写作者面对现实会失语，法国的小说家也是一样。

当然，面对现实主义的魔幻冲击，小说家有时很难跟得上现实世界的荒诞。但是，既然选择了一个现实主义的题材，就一定要将现实主义作品叙事的绳索捆绑结实，让小说中的人物在叙事中缓缓落地，而不是被逻辑的刀子割破，让小说人物坠落身亡。

小说可以揭示真相，传递常识，也可以单纯地呈现故事，直抵人性。无论是哪一种类型的小说书写，作者都要解决叙事逻辑问题。如果将叙事逻辑比喻为一条捆绑小说人物的绳索，在《温柔之歌》中，蕾拉的绳子断了。这听起来真是一首悲伤之歌了。

在身体的深渊里找不到绳索

《食人魔花园》

〔美〕蕾拉·斯利玛尼著，袁筱一译

读完小说《食人魔花园》，再翻回书的第一页，愣了一下。扉页上，蕾拉·斯利玛尼写着这样一行字：献给我的父母。便多想了一下，这是一册关于女性瘾者的书写，而这样一种大胆地带着读者往身体里旅行的书写，适合献给父母吗？

想了想，又觉得，适合。孩子不论变成什么样子，对于父母来说，大概都是可以接受的变化。同样，孩子不论写了什么样的内容，对于父母来说，都是他们对于世界认知的延伸。

《食人魔花园》中有大量关于感觉的比喻，既准确又迷人。这些对感觉捕捉精准的词语让这个法国的"80后"女作者一出道便有别于他人。而所有这些敏感而丰富的比喻，既源于蕾拉·斯利玛尼后天的阅读，也源于她天生的感觉储存。所以说，献给她的父母看的，大概也有着她对世界的打量。当然，小说中写到了女主人公阿黛尔的父母，以及她的丈夫理查的父母。在小说中，阿黛尔对城市和欲望的认知来源于母亲，而她的写作天赋则来源于父亲。或者，在这样的设置中，作者蕾拉·斯利玛尼借用了自己的身世。

我喜欢蕾拉质地精良的比喻，她眼中的洛朗"便宜的假牙让他笑起来好像一匹马"。这样的比喻简直瞬间打破了我们阅读的惯性，我们被蕾拉·斯利玛尼的比喻带到了一匹马应该去的地方，那是更宽阔的地带，比如草原。在蕾拉的认知里，男人裤子上的拉锁是平庸的，因为打开以后的东西司空见惯。当阿黛尔和理查到一个海边度假，住进一间狭窄的旅馆时，蕾拉写道："房间布置得好像船舱一般。阿黛尔不喜欢这个地方。她觉得仿佛墙壁都在移动，渐渐靠近，会趁他们睡着的时候慢慢把他们挤死。"

阿黛尔是一个试图回归家庭的女性瘾者。关于身体之痒，她自己也说不清楚是怎么一回事儿，如果没有男人进入自己的身体，她便觉得活着的证据不足。或者说，阿黛尔是这样一个女人，她活在身体的感觉层面，只要看到一个男人，她的脑海里闪现的第一个镜头就是和这个男人在床上的种种细节。阿黛尔跌进一个欲望的深渊里，她享受坠落时的晕眩感。为了治疗自己的身体饥渴症状，阿黛尔结了婚，甚至在第一时间生了孩子。她觉得，孩子一定会治好自己。在《食人魔花园》中，蕾拉这样写阿黛尔对正常生活的渴望："她曾经和自己说，有个孩子就能治好她。她觉得做母亲是唯一能够将她从存在的不适中拯救出来、唯一能够提前切断这份逃离的解决方法。她毫不犹豫地投身其中，就好像一个病人最终接受了不可避免的治疗。她创造了这个孩子，或者说，这个孩子来到了她的体内，而她没有抵抗，就是因为这份疯狂的希望，她相信孩子会对她有好处。"

然而，生完了儿子吕西安之后的阿黛尔并没有被治愈，很快，她便又发现身体的空虚感。

大多数女人的出轨和丈夫的忽略有关，而阿黛尔却并不是。是她自己的心里有一个洞，那洞深不可测，需要填充酒精和各种抵达意识层面的快感。她是一个在身体上舞蹈的女人。她有可以打掩护的闺蜜洛兰，一旦外出约会，她便会对老公理查说明，她和洛兰在一起。她还有一个时常需要加班的记者工作，所以，她的身体的出轨几乎具备了良好的条件。

然而，她并不是没有内疚感。每一次和别的男人上完床后，回到家里，她便生出无边的寂寞和愧意。

这份不被揭穿的隐秘放纵让阿黛尔觉得既刺激又不安，她知道，如果她持续下去，迟早有一天会案发。但是她停不下来。她每天都活在欲望和道德的双重挤压之下。

作为一个年纪和阿黛尔差不多大小的作家，蕾拉很体贴阿黛尔的内心，她这样描述阿黛尔和别的男人鬼混后回到家里的不安："理查没有关百叶窗，所以阿黛尔上床的时候，能够看到丈夫平静的轮廓。他很信任她。这份信任简单，毫无理由。如果他醒着，他会看见前夜在她身上留下的这些痕迹吗？如果她睁开眼睛，如果他靠近她，能够闻到她身上可疑的味道吗？他会发现她脸上充满罪恶感的神情吗？阿黛尔有时很讨厌他的单纯，她深受他的单纯折磨，这让她更加罪不可恕，更加让人蔑视。"

这一段文字几乎将阿黛尔的矛盾和盘托出。和理查的单纯相比，阿黛尔自然是家庭生活的犯错方，然而，她却觉得理查的单纯加重了她的罪恶感，让她失去了对度量的把握。她的确有些无理，是她自己在深渊里，所以才会嫌弃别人站在光亮处。

每一个天亮的时候，当儿子吕西安柔软的身体爬到她的身上的时候，她都会觉得，现世安稳的生活真好："她有些激动，就像一个还没有被戳穿骗局的骗子，心中充满了被爱的感激，一想到有可能失去一切，她就禁不住要颤抖。此时此刻，再也没有比走廊尽头传来的电动剃须刀声更让她感到心安的了。再也没有什么值得要冒险失去眼前的一切。"

如果是一个欲望合理的家庭妇女，在这样的反思之后，一定会切断欲望的线头，回归日常生活。有过自己的隐秘生活，看世界的眼光有了不同，也就算是一种人生的体验了。然而，到了阿黛尔这里，所有这些鸡汤式的生活公式皆不管用。

当理查带着阿黛尔参加他的同事克萨维尔的晚宴时，阿黛尔对克萨维尔又动了心。她不喜欢晚会上夸夸其谈的人，那些公知一样谈论一切的人让她觉得厌倦。她更不喜欢那些家庭主妇们，她们围着孩子和老公转，将自己当作影子一样，软弱且没有味觉。在没有存在感的时候，阿黛尔又陷入了身体欲望的深渊里。

蕾拉这样写阿黛尔的感受："她多疑而苦涩。今天晚上，她没有一点儿存在感。没有人看她，没有人听她说。她甚至无法赶走那些撕扯她神经、让她眼皮发烫的念头。她在桌下晃动着双腿。她想脱光衣服，想要有谁能够触抚她的乳房。她想要别人的嘴唇贴在她的唇上，静静地传递某种动物般的存在。她一心只想着有人要了自己。"

这种原始的欲望支配了她，将她带回到内心的黑暗里。所有的伦理和温情在这个时间点全都落幕，是的，她的儿子吕西安，现在已经被她藏在了日记本里。她现在是一个人皆可夫的荡妇。当阿黛尔回到自己座位上的时候，她将自己的手放到了克萨维尔的膝盖上。这一个小动作吓坏了克萨维尔，他连忙抽回了腿。

可以说，阿黛尔的这样一个不经意的，甚至是无聊的小动作，毁了她的人生。她可以和陌生的男人放纵，然而，却不应该沾染丈夫的同事和好友。从风险上来说，她之前的身体释放不过是在自己的深渊里呻吟，而现在，她勾搭离丈夫最近的同事，已经是在深渊里明明看到理查扔下来的绳索，却拒绝抓住向外面逃离。

果然，当她深陷于和克萨维尔的偷情时，案发了。是克萨维尔的妻子索菲发现了丈夫的隐情，她拿着她丈夫克萨维尔的手机来找理查。原来，他们夫妻两个的手机完全一样。她拿错了手机，却发现了秘密。最后，克萨维尔向她坦白，他爱上了阿黛尔。

理查被索菲的故事惊呆了，尤其是当他看到阿黛尔发给克萨维尔的短信时，他觉得自己活成了一个笑柄，活成了一个木偶和白痴。阿黛尔的信息是这样的："我走得太匆忙了。没有你我都要窒息了。太劲爆的星期三。"还有更可怕的事情，理查发现儿子吕西安拿了一只新的翻盖手机，而理查发现了妻子阿黛尔更多的秘密。

是的，理查看到了在欲望深渊里的妻子。她那么放荡，像只母狗一样。她每次都设计不同的加班借口，然而，事实上她不过是让自己的身体得到释放。尽管接下来的故事，并没有像我们想象中那样爆发，而是以理查的妥协进入另外的节奏里。他们搬了家，阿黛尔专职在家里做家务，而理查甚至控制了阿黛尔的生活费。

日子重复，阿黛尔在一个陌生环境里努力戒除自己欲望的瘾，当一切仿佛都快要走上正轨的时候。阿黛尔的父亲死了，她要回去参加葬礼。

然而这一次，她没有再回来。她又一次跳进了自己身体的洞穴里，深渊里。她愿意就那样放纵下去，坠落下去，心跳加速下去，飘摇下去。她活在身体以下，活在最深层的肉体里，活在欲望的动词里。

很难想象这是一个作家的处女作，准确的比喻，有深度的社会观察，以及对女性身体的反思意识，都有着卓越于成熟作家的地方。这不单纯是一部欲望描述的作品，更是一部借着女性身体来探讨消费主义时代我们对欲望究竟该如何处置的作品。作品中阿黛尔的欲望既让人心疼，又让人觉得过分。而值得赞美的是，作者蕾拉·斯利玛尼完全隐身在小说人物之外，她不干涉阿黛尔的任何举动。她虽然很惋惜她笔下的人物，但是任由着阿黛尔走向身体的深渊里，没有去救她，更没有用道德感去丑化她。这也是一个写作者的道德。

▼

下
部

好色的人，请去写作

作为一个有勇气的人，巴尔加斯·略萨和列夫·托尔斯泰有着共同的嗜好，在青春期的时候，都喜欢逛妓院。

略萨这个名字，在城市阅读群里，几乎成为一个可以相互识别和归属的密码，他暗喻：好色，深入好色。他个人的故事精彩之至，且绝不让别人执笔写他的故事。这一点他和日本的太宰治有些相像。

他的个人史曾经被拍成电视连续剧，而且收视率甚高。是的，这就是那部著名的《胡利娅姨妈与作家》。这部以结构怪异著称的自传体长篇小说，几乎忠于作者自己的记忆。18岁那年，正念大学的略萨，在舅舅家里遇到舅妈的

《胡利娅姨妈与作家》

〔秘鲁〕巴尔加斯·略萨著，赵德明译

妹妹胡利娅，情窦初开的青春期少男和情感失意的离异女人，因为身体的吸引，而迅速摩擦出一段爱情。这爱情来得惊世骇俗。彼时，胡利娅已经28岁，她离异，有漂亮的外貌和风情的装扮，总之，在那个小镇上，胡利娅所到之处，必然会有口哨声和制造误解来接近的男子。正因此，胡利娅每每外出便带上天真活泼的略萨，说些什么呢，苦恼，以及应对的方法。总有一些交流涉及内心，那个时候，一个18岁的孩子，想要治疗别人，除了以身相许，或许找不到更为有效的药方了吧。然而，故事并没有朝着王子公主的方向发展，接下来的曲折制造了一部世界名著。略萨的父亲对这段莫名其妙的恋情采取了围追堵截的方式。据说，那个要面子的父亲手持一款左轮手枪满大街地找这对不伦男女，声称要枪决了他们。正值逆反的年纪，略萨在朋友的帮助下，和胡利娅私奔，办了结婚登记。然而那个持枪的父亲找不到儿子，竟然找到了胡利娅的姐姐，也就是略萨的舅妈，当着舅舅和舅妈的面宣布，胡利娅是他们家不受欢迎的人，并限令她48个小时以内离开秘鲁。虽然恐吓和辱骂绝不是战斗，但是，胡利娅还是受不了如此种种的曲折，同意离开秘鲁，和略萨执手相看泪眼，竟无语凝噎。

自然，世俗生活中的感情，常常经不住时间的打磨。不久，略萨的父亲便缴枪投降，同意这个伦理失常的儿子和胡利娅同居。又过不久，略萨情感的沙漏开始外泄，他喜欢上了胡利娅姐姐的女儿，也就是他的表妹帕特里西娅。真不好意思，那又是一个情窦初开的故事，这位不通世事且热情异常的表妹，彼时不过15岁。至此，两个惊世骇俗的爱情主人公分开。

1977年，略萨的《胡利娅姨妈与作家》发表后不久，便成为超级畅销书，刺眼的标题和大胆的书写，使得该书被盗版多次，这部作品像一首乡村俚曲般，进入了大街小巷。后来这部作品被一影视公司看中，胡利娅听说了这个消息，写信给略萨，提出抗议，然而她根本阻止不了影视公司的商业运作，随后，同名电视剧热播，引起收视狂潮。一些媒体像寻找生出好吃鸡蛋的母鸡一般，找到了已经再次结婚又离婚的胡利娅。这让她感觉无比伤感，于是，她找来了电视，一阵猛看。发现了，编剧中大量的情节夸张和失实。为了对略萨进行反驳，她写了一本《作家与胡利娅姨妈》一书，竟然也让她成为畅销书作者。

这段轶事颇费笔墨，但是，它给了作家略萨无限的营养。一直到了60岁的时候，每每忆念起自己的姨妈胡利娅，他仍然能闻到她身体上涂满的蜂蜜的气息。

是的，略萨在60岁那一年创作了他著名的情色作品《情爱笔记》。这是一部色彩丰富的作品，写作者略萨极尽笔墨地表现性爱中身体的美好。那是一部写作内心感受的大书，它巧妙而又湿润、温暖而又尖锐，这部书几乎写尽了情爱的种种尝试和感受，呈现、探索，并用身体来解构日常生活的单调和无趣。

《情爱笔记》里的很多性爱的片段都出自作者的真实感受，他在虚构里又一次出卖了自己的感情史。

这个 18 岁就被一个成熟女人的身体诱惑了的斯文败类，终于可以在一部长篇的文字里泄露他这一生掌握的所有身体的密码。

好色的略萨自然不会停留在自己的表妹这样一个固定的对象上，他是一个身体阅读爱好者。正是在他写作《胡利娅姨妈与作家》时，他喜欢上一个瑞典女孩，大概是她身上的某一处气味和胡利娅姨妈相似，这让略萨难以自持。他有一天喝醉酒，竟然对妻子帕特里西亚说，我要和她私奔。

当时马尔克斯和略萨交情颇深，自然充当了帕特里西亚的心理按摩师。马尔克斯听说好色的略萨旧病复发，竟然想要抛妻弃子，于是大骂略萨是个混蛋，并建议帕特里西亚直接和略萨离婚。马尔克斯大约是单独约见了几次帕特里西亚，这给媒体留下了亲密的照片。这些八卦新闻极大地刺激了略萨，他虽然不相信媒体的照片，但他也不相信妻子的身体。

在被心爱的瑞典女郎抛弃之后，略萨顾不上咀嚼失意的内心泥泞，更没有写五千字以上的文章表达感伤和气馁，而是马上回到家里审问起老婆的情事来。时间、地点、人物、做了何事、结果，略萨拿着那张让他戴了绿帽子的报纸，逼问了老婆一番后，终于得出了真相。原来妻子并没有背叛他，而是，舍不得离开他，只是马尔克斯夫妇十分坚决地催促她离婚，让她感觉绝望又无助。

这大约是两个人结仇的原因。1976年墨西哥电影节，马尔克斯在首映式上看到了略萨，正当他高兴地张开双臂上前拥抱略萨的时候，结果被迎面上来的略萨当众打了一拳，马尔克斯踉跄倒地。当时的略萨一边出手一边大声说："你在巴塞罗那对帕特里西亚做了那种事，还敢来见我！"从此两个人交恶，一直到2007年才恢复关系。

最后，让我们来看一下略萨所写的书的名字吧，它们是那么妖艳和刺激。《胡利娅姨妈和作家》写了他和姨妈的一场情事；《绿房子》写了一个妓院；《情爱笔记》写了他对身体的各种形态的认知；《潘上尉与劳军女郎》，是一本世界禁书。哪怕是他给青年小说家写的信件，副标题竟然也是：无休止的性欲。

2010年，马尔克斯在略萨获诺奖后说："这下我们打了个平手。"这句话，不由得让我们想起30年前，因为一个女人，略萨对马尔克斯大打出手。

时间渐渐抹平了一个男人的情色历史，略萨用有别于庸碌世人的角度切入了这个世界，并赢得了这个世界。他的个体经历证明：如果你是一个好色的男人，那么，请你去写作吧。

写给一只伤感的棕色小鞋子

戴着一个圆顶帽子的乔伊斯是一个热爱吹牛的家伙，传说他喜欢找人借钱，借完钱以后，他还会对朋友说，我即将成为大作家，所以，现在借你的钱是看得起你。

这真是一个欠揍的家伙。但这个家伙真是个天才，不信，翻开这本《致诺拉》你就知道了。

1904 年 6 月初的一天，詹姆斯·乔伊斯在都柏林伦斯特街 1 号的芬因饭店吃饭，被漂亮的女服务员诺拉吸引。于是茶饭不思，天天跑到那小饭馆，去看着诺拉发呆。就连在大街上走路看到头发颜色和诺拉相似的人，也会追上去看一眼，确定不是诺拉，才失落地回家。他和诺拉约时间见面聊天，但是诺拉却爽约了。这让乔伊斯焦虑不止。那两天身体上火，牙龈

《致诺拉》
〔爱尔兰〕詹姆斯·乔伊斯著，李宏伟译

肿痛，他拿着信笺给诺拉写了第一封正式的情书，开头的称呼简直让人惊讶：我亲爱的棕色伤感小鞋。

是啊，前天去小饭馆的时候，诺拉的棕色小鞋子真好看，不仅如此，走路时的节奏也动听，微笑也是，还有，天啊，她脸上的酒窝能盛下乔伊斯整个夏天的相思。

这段由小饭馆奇遇开始的热烈恋情给乔伊斯的写作带来了无限的灵感。在这些单向的情书里，我看到一个女性身体会给一个作家多个向度的参照。在1909年8月22日的情书里，乔伊斯写道："为我把你的身体打扮起来，最亲爱的。我们见面时，你要漂亮要幸福要狂热要挑逗，要充满回忆，要充满渴望。你还记得我在《死者》里面提到你身体时用的三个形容词吗？它们是，动听、奇异和芬芳。"

动听是声音的，奇异是感觉的，而芬芳是气味的。这是一个从多方面打开乔伊斯灵感的女孩。

乔伊斯在日常生活里也离不开她，他到诺拉的母亲家里，想找到几张诺拉少女时期的照片而未遂。他听诺拉母亲唱歌，在信里写他喜欢诺拉的母亲。所有与诺拉有关的事物，他都喜欢。

1909年9月5日，他忍不住欢乐地吹牛："现在说说我们自己。亲爱的，今晚我住在格雷斯哈姆饭店，经人介绍认识了大约20个人，同一个故事所有人都听了一遍：我会成为我国的伟大作家。所有围绕我的喧闹和奉承都很难打动我。"

这信里的内容，不由得让我想起新婚不久的沈从文，1934年，沈从文也曾在某封情书里向张兆和说过类似的话。大体是说，比起同时代的写作者，我注定要流传得久远一些。

这样的自我肯定有着特别可爱的地方，他这样说出来，目的是为了得到对方的回应，其他人的赞美他并不在意，而心爱的人的肯定，才能让他们精神安稳。

还是在 1909 年 9 月 5 日的信里，乔伊斯向诺拉写道："我想念你，最亲爱的，你对我的意义超过了整个世界。指引我，我的圣女，我的天使。带领我前进。我相信，所有我写下的高贵、崇高、深邃、真实、动人的东西，都源自你。"

这册情书里，充满了诺拉动听、奇异和芬芳的身体的气息，虽然也曾争吵和误解，指责和道歉，但每一个字都有着乔伊斯对诺拉身体的痴恋。随处可见的落款：吻你十万遍。比我们的徐志摩更疯狂。

阅读这册裸露而真诚的情书集，就像看了一部关于乔伊斯恋情的电影，那些未知的情节和情绪，都是猜测和反复咀嚼的借口。就连书信之外的注脚，也都有着乔伊斯作品的气息。不由得让人想起乔伊斯第一眼看到诺拉的情形，红褐色的头发，棕色的小鞋，以及伤感的眼神。

这一切都太让人联想丰富了。1909 年 8 月的最后一天，乔伊斯在信的最后疯狂了，他写道："我现在想要亲吻你的某个地方，一个奇异的地方，诺拉。不是吻在唇上，诺拉。你知道是哪儿吗？"

　　哈，可真疯狂。

李商隐的日本女学生

总觉得清少纳言的文字更适合女人们阅读，任性、琐碎，有脂粉的香气和娇柔的叹息声。翻开这册林文月翻译的《枕草子》，便看到了她的小欢喜：《情人幽会》《得意畅快之事》；也有一些小蹙眉：《意外而令人扫兴之事》《极不满意之事》。

周作人当年很喜欢《枕草子》，他的译笔更符合他年轻时在日本生活时的情形，所以，极得一批年轻读者的喜欢。比如，他的那种句式："……这些都是挺有意思的"，便吸引了不少写作者效仿。

林文月女士的翻译更近于女性的本意，简洁，尽量少用字。比如她译《教人瞧不起之

《枕草子》
〔日〕清少纳言著，林文月译

事》："如居处北侧。众所周知的老好人。老翁。以及轻佻的女子。墙垣崩毁。"这段文字简洁至极，没有形容词以及更接近清少纳言的色彩的字词，有的，是切着事实的本质的描述和抵达。这样的译笔，留了很大的想象空间。让我们更好奇一千年前的那个小资产阶级情调的女生是如何一笔一笔记录下她的生活点滴。

清少纳言像一个在皇宫里闲逛的记录官，她将看到的听到的想到的都记下来，然后在某个空闲的时刻分类整理。她路过两个嬉闹的婴儿，听到一声天籁般的童声，会记下来。晚上的时候，她梳洗过后，在风里走，闻到自己身体上的某种香气有些愉悦，也会记下来。收到一张与往日不同颜色的信笺纸要记下来。看到一片叶子和昨天比枯萎了一些，也要记下来。风吹动门窗的声音要记下来。在街市上看到一辆车上挤满了人，且那些人都笑嘻嘻的也要记下来。

这些和她有关或无关的物事在她的笔下，就像一个有感情的听众，心情好的时候，她的笔便轻盈柔软，落花是美好的，摔跤也是有趣的事情。若恰好心情郁闷不得解，那么，即使是花好月圆，也一定会遇到喘粗气的人让她觉得厌烦。

清少纳言有少女一样的本真和单纯，在《枕草子》里，多见她对于美好事物的描摹。其实，她的审美多停留在少女心事的虚幻里。这位在日本文学史上举足轻重的女性写作者，几乎影响到后世所有日本作家的写作。

然而，在林文月的介绍里，她却是晚唐李商隐的学生。

性格并不外向的李商隐是晚唐最为著名的两诗人之一，他的诗句多停留在琐碎而伤感的物事里，那些飞翔在他诗句里的青鸟，那些在他诗句里燃烧的蜡烛，都是他的小悲欢。不止如此，李商隐也在日常生活里记下过一些杂草般的日记，他起了个名字，叫作《杂纂》。比如他在《不忍闻》里写道："孤馆猿啼。市井秽语。旅馆砧声。少妇哭夫。老人哭子。落第后喜鹊。乞儿夜号。居丧闻乐声。才及第便卒。"

可以想见，清少纳言，在宫中吃茶过后的某一天，翻到了李商隐的这些段落，坐在窗下，看着窗外次第不断的雨珠，写下一句："风吹，却非十分凛冽。"这样想着，也是一件有意思的事情。

《枕草子》，一本风吹哪页读哪页的书，一部到处散发着写作者小女人气息的美文，看进去，便放不下来。因为，我们都看到了写作者的模样，甚至，听到了她好听的声音。就是这样。

一台1846年的摄像机

《温坡街上的巴蕾特》曾是轰动一时的戏剧。大致讲的是一出私奔的故事，和中国传统戏曲里的《西厢记》有些类似。

戏剧大概讲述了患病的女诗人巴蕾特因为出版两卷诗集，而引得比她小六岁的勃朗宁的喜欢。两个人以书简传情，终于陷入了爱河。然而，巴蕾特专制的父亲并不同意这场婚事。于是，1846 年 9 月 12 日，巴蕾特在女仆威尔逊的帮助下，偷偷潜出家，和来接应的勃朗宁到附近的教堂秘密结婚。一个礼拜以后，巴蕾特和勃朗宁离家出走，除了带着威尔逊，还有一只叫作阿弗的小狗。

是的，一只小狗，它无比重要。

弗吉尼亚·伍尔夫看到《温坡街上的巴蕾

《阿弗小传》
〔英〕弗吉尼亚·伍尔夫著，周丽华译

特》的时候，自己恰好也养了一只狗。她注视着狗的同时，觉得，狗也是自己生活的观察者。自己的孤独感被狗一一阅读，而狗并不可能时时在自己的视野之内，不过是自己丰富生活的点缀。狗是一个被忽略的观察者。

这是伍尔夫写作《阿弗小传》的动因。给一只小狗立传，其实是借助狗的那双眼睛来旁观尘世的欢喜和忧愁。

《阿弗小传》书写得别开生面，干净，有呼吸感。如果一个写作者降低视角，再低也不过是内心悲悯的扩大。然而将自己的眼睛放到一只狗的身上，感受着那1842年的秋天，又或者站在1846年夏天的某个角落里，一点一滴地被主人的欢愉左右，最终会让阅读者感动。

一只狗的视角，是安放在巴蕾特身边的一个摄像头。从低处记录，不论是声音还是表情，不论是走动，还是议论，都涉及被拍摄人巴蕾特的位置。也就是说，写作者伍尔夫在没有动笔之前，已经将自己的手脚都捆上了。她的固定在某处的写作，都让我们想到：片段、拼凑、留白。可是并不，翻开这册装帧严肃的《阿弗小传》，我看到一个切换自如的摄像头。不是拼凑，也不是片段地介绍，而是流水一样跟随着巴蕾特走动的视角。

显然，这是一次高难度的写作尝试。我们无法每时每刻都扮演他人，更何况是一只狗。然而，伍尔夫有的是超脱，将狗安排在巴蕾特的脚边，窗子边，或者床上。拉近镜头的时候，小狗自然卧在巴蕾特的身边，拉远镜头的时候，阿弗就慢慢地目送巴蕾特离去。

　　我特别喜欢镜头拉近时的表达，阿弗眼中的巴蕾特是这样的："巴蕾特小姐出神地照着镜子；披着印度方巾，装扮得很精致；她请威尔逊把扶手椅拉近些，又不要太近；摸摸这个，又碰碰那个，然后笔直地坐在她的枕头中间。"果然，写这段话的时候，阿弗就伏在她的脚下，所以离得近。

　　而远景的镜头呢，是这样的："巴蕾特小姐躺在温坡大街的沙发上。她生气又担忧，但却并不惊慌。"这个时候的阿弗被偷走了，然后被关在一个"一片漆黑，寒冷又潮湿"的垃圾房间里。

　　自然，阿弗没有变成一堆骨头，它被救了。

　　而《阿弗小传》的写作，是阿弗又一次被救。不只是在勃朗宁夫人巴蕾特的那首诗里，而是完整地活在伍尔夫的笔下。让我们跟着勃朗宁夫人的诗句，再一次走近阿弗，来体味人与狗一起生活的情缘：忽然间／毛头凑来枕边／茸茸犹如芳努斯，紧贴我脸／双目澄黄，迎着我惊讶的眼／一只长垂耳，扫干我两边泪痕。

　　跟着这诗句，我们仿佛听到了那只叫作阿弗的小狗的呼吸声，那是 1846 年的夏天，它跟着主人私奔，那么甜蜜。

鲁迅先生的日本好友

"间谍"和爱国者鲁迅

关于内山完造是日本间谍的事情，20世纪30年代的上海小报，曾多次造谣过。内山完造《我的朋友鲁迅》一书中，专门谈到了这件事情。在《忆友人》这篇文字里，内山完造这样写道："上海有种叫作'小报'的小型报纸，上面把先生批得很厉害，说我是日本外务省的最高间谍，月薪五十万日元，每年情报费有五百万日元，必要的时候多少钱都出得起。还说我养了很多信鸽，其中最大的一只信鸽就是先生，每月都从我这里收到十万日元的好处费等。当时先生叫我不必在意，谣言之类的要编多少有多少，但真相只有一个。"

《我的朋友鲁迅》
〔日〕内山完造著，何花、徐怡等译

《上海下海》
〔日〕内山完造著，杨晓钟译

1932年1月30日，因"一·二八"沪淞战争，鲁迅所租住的房子玻璃竟然被子弹破了一个洞，于是全家立即离寓，还是经由内山完造的安排，鲁迅先生一家又一次住进了内山书店。这期间，周建人一家被日本军方拘禁，内山完造多方活动，救出了周建人一家。

然而，内山完造可以从军方救周建人的消息，不小心还是走漏了。在当时，一个日本商人，和军方来往密切，这不能不被人猜测。果然，1934年，内山完造从日本回到上海以后，便遇到诘难。1934年5月，上海《社会新闻》第七卷第十二期便刊登了一篇攻击鲁迅的四百余字短文《鲁迅愿做汉奸》，作者署名为"思"。在这篇短文里，这位"思"兄颇为恶毒，在文章里意淫鲁迅先生的一本叫作《南腔北调集》在日本出版日译本，说鲁迅骂政府的那些文章在国内挣不到几个闲钱，然而，经过内山完造介绍给日本情报局，便可以得到大笔的钱。

然而事情并未结束，过了不久，这份《社会新闻》又于第七卷第十六期刊登另一篇短文《内山完造底秘密》，这篇署名为"天一"的文章写道："内山完造，他是日本一个浪人，在家乡以贩卖吗啡等违禁品而曾被警察监禁过，因为不容于故乡，流浪到中国来。他初到上海时，曾带了二千元，在上海经营书店事业。但因为狂嫖滥赌，把二千元花得干干净净。单是书店的事业，眼见不能维持，幸而他神通广大，在领事馆警察署中找到了一个侦探的任务，每月支二百元的薪水。那时，他的任务是专门侦探留沪日本人及朝鲜人的政治活动。1925年五卅运动起，日本外务省加紧注意中国的事情，于是内山完造由领事馆警察署的小侦探而升为外务省驻华间谍机关中的一个干员了。为要使他的侦探工作发展起见，外务省曾提供了约五万元的资本，给他扩充内山书店，使他的书店由魏盛里这小房子搬到施高塔路的洋房里，而且在北四川路开设了漂亮的支店了。内山完造的手段很巧妙的，他以'左'倾的态度来交结中国共产党及左倾人物……借'左倾'的掩护，来进行间谍工作。一·二八战事发生，他更忙得厉害，成了皇军一只最好的猎犬。"这篇文章的结尾更是"大鸣大放"，写道："这个内山书店的顾客，客观上都成了内山的探伙，而我们的鲁迅翁，当然是探伙的头子了。"

对于这篇狂热造谣加臆想却又极容易蛊惑民众的文字，鲁迅先生实在控不住"制"了，他决定要反驳一下，鲁迅在《伪自由书》后记写道："这两篇文章中，有两种新花样：一，先前的诬蔑者，都说左翼作家是受苏联的卢布的，现在则变了日本的间接侦探；二，先前的揭发者，说人抄袭是一定根据书本的，现在却可以从别的嘴里听来，专凭他的耳朵了。至于内山书店，三年以来，我确是常去坐，检书谈话，比和上海的有些所谓文人相对还安心，因为我确信他做生意，是要赚钱的，却不做侦探；他卖书，是要赚钱的，却不卖人血：这一点，倒是凡有自以为人，而其实是狗也不如的文人们应该竭力学学的！"

鲁迅的愤怒也不是没有道理的，因为他一直是爱国的。

就在《我的朋友鲁迅》这册书里，内山完造在《有关诗歌的谈话》以及《先生逝世六周年》两次提到"野口米次郎"和鲁迅的一次对话，是关于中国与日本的关系。野口米次郎说："如果当今中国的政治家和军人最终还是不能拥有安定百姓的能力的话，进而变成被英国殖民统治的印度一样，连国防和政治都被外国侵占了，到时候怎么办？"鲁迅答："事情如果发展到那种地步，就是感情的问题。同样是丧失财产，但比起强盗偷去，还是被放荡子浪费的好；同样是被虐杀，但我希望被同国人杀害。"

百度搜索"野口米次郎"，知道这位比鲁迅年长六岁的诗人曾留学美国，并久居欧洲，能用流利的英文写作。是一个优秀的诗人。他在鲁迅先生去世以后，写过一篇文笔优美的回忆文章《与鲁迅谈话》，详细地记述了这一对话。

内山完造的书店经营

鲁迅先生与内山完造相识的十年，恰好是他在上海居住的最后十年。

1927年9月，自广州返上海的鲁迅，抵上海的第三天，便找到了位于北四川路附近一个叫作魏盛里的小胡同的这家"内山书店"。

内山完造在《我的朋友鲁迅》一书中是这样写的："有一天，这位先生自己过来了，从书架上取了很多书后在长椅上坐了下来。他一边喝着我夫人沏的茶，一边点燃了烟，然后用清晰的日语对我说道：'老板，请你把这些书送到安乐安路景云里××路。'我问他：'这位先生，怎么称呼您？'他回答道：'噢，叫我周树人就好。'我惊呼起来：'啊——您就是鲁迅先生吗？我知道您，我还知道您刚从广东回到上海，不过从没见过，失礼失礼。'我和先生的交往就是从这时开始的。"

鲁迅先生爱逛书店，又加上当时的政治空气不好，鲁迅先生每每用笔名在报纸上发表文章，并不留自己住址，在上海的十年，大多数约会见面，鲁迅均喜欢约在内山书店。

鲁迅先生不仅仅在书店里会客，有时候还会和内山书店一起做出版、做沙龙。

内山完造在《上海下海》一书中对书店的经营由开始的单一品种到不断壮大，有详尽的描述。比如在说到给书店做广告的时候，他写道："书店初期，我们只敢从东京堂一本一本进新书，慢慢开始两本三本进货，也就意味着书店已经稳步发展了，有客人提出：'要是能告知一下新书书目就太好了。'于是我们立即着手分发油印版的'诱惑状'。将日本白纸对半裁开，上面写作者，下面写书名，新书旧书加在一起大概数十种，装入信封写上收件人，远处的邮寄，近处的就让孩子送过去。起初觉得'诱惑状'这个名字应该有人觉得不雅吧，却没想到有人称赞其标新立异，还有人说总会有人喜欢有人不喜欢，众口难调嘛！老本行做药品广告的我非常开心，很好，让客户们互相争辩才能达到广告效应，于是对众多评价置之不理，从裁纸到书写都亲力亲为。寄出'诱惑状'的当天下午店里必定顾客爆满，开始仅仅发出一百张，不久就增加到三百、五百，每周必发一次。"

在《上海下海》这篇介绍内山书店简史的文章中，开篇便介绍了开书店的原因：出门旅行了半年，妻子独自在家甚是寂寞，与其说是寂寞，不如说是觉得虚度时光。考虑到未来，两人开始盘算着做点什么，最后决定开间书屋。

竟然是内山完造的老婆闲得无聊了，才开了这家著名的书店。这家书店一开始只卖基督教的书，因为内山完造是个基督徒。他这样描述书店开始的情形："书店开在北四川路魏盛里169号，没有书架，只是普通的民居而已。两层的柜子摆了不足一百本书，价值八十余元。全部是有关基督教的书籍，自然客人多是信教者。"

好玩的是，虽然只有很少量的书，但因为这家书店一开始只卖基督教的书，反而吸引了不少教徒来买书订书。

除了一开始写"诱惑状"来促销，内山完造还大胆地进行图书赊卖活动，不但对日本人赊账销售，同时还对中国人和朝鲜人赊账销售图书。这一下很有新闻效应。甚至内山完造也帮助当时的中国进行了公民教育和诚信教育。这种对别人的信任有效地对"诚信"精神进行了建设。在《上海下海》这册书的一篇名为《狡猾的家伙》里，内山完造对自己进行了嘲笑和剖析。包括和鲁迅先生这样的文化名人交朋友，也是一种广告的方式，他这样写道："不管是什么事情，我都想办法弄成新闻材料，不管效果如何，只要报纸上出现我们的店名就是宣传，这种做法不只是狡猾，是极其狡猾的。受到抨击也好，恶言相加也好，我都欣然接受，并为自己的精明得意扬扬。和鲁迅这样的文化人交往时，也让他们的地位名望成为我宣传的手段。晓谕读书界，不是靠我的能力人品，也不是靠我的地位，完全是借着鲁迅先生的去世搭了个便车而已。"

鲁迅和内山完造的交往的确很多，除了租房及帮助介绍医生之外，鲁迅出了新书，会交到内山完造那里卖，有朋友的信件，会交给内山完造转收。内山完造写了新书，鲁迅会给他作序。

在《我的朋友鲁迅》一书里，内山完造专门写到了《北平笺谱》一书，这是鲁迅和郑振铎合作，费尽心思做的一本版画集。这本书用珂罗版制作，成本极高，定价自然也很高。然而当初只有两个人订购。因为只制作了100套，内山完造就订了30套帮助鲁迅销售，然而，意外的是，这书在内山书店竟然畅销得很，30套转眼就卖完了，还有不少人追着内山完造要买，鲁迅最后同意又加印了100套。后来，鲁迅又制作了版画集《引玉集》，依然是精装的，这次内山完造有了经验，一个月便销售了300套。

内山完造的书店经常会有一些沙龙活动，鲁迅也是常常参加的。包括一些日本的学者作家，也都是在内山书店和鲁迅见面聊天。甚至，鲁迅临死前，最后写的字条，也是给内山完造的。鲁迅先生逝世后，在"治丧委员会"的八人名单中，也有内山完造。

内山完造的书店在日本战败后自然被收回，1949年以后，内山完造一直从事中日友好工作。1959年，中华人民共和国成立十周年纪念，要举行庆典，邀请内山完造来北京观礼。内山完造当时已经70多岁了，在机场见到许广平，兴奋得像个孩子，又蹦又跳的。对着身边的老婆说，自己死了以后一定要埋到上海。然而，真是巧合，说完这句话的第二天，内山完造突发脑溢血逝世。10月26日，根据内山生前遗愿，内山完造遗骨安葬于上海万国公墓。至此，两位好友，又一次做了邻居。

熟人社会的三张底片

阅读《我们的小镇》时，我会将这些字一个个置换成舞台演员的台词，会想到舞台上奔走不停的演员们将我读到的这些字，一个个地说出来。语气，是的，语气非常重要。这和阅读普通小说的经验不同，普通小说，我对词语的体味更多地停在安静里，而《我们的小镇》是有声音的，阅读这样一个剧本，我常常会被里面说台词的人的语气吸引，甚至打断。

是的，我被某个人的一句话带到自己的童年，或者我的故乡里。

尽管是美国 100 年前的作品，但是，作为一个小镇，它在世界上仍然有着时间的公约性。也就是说，当我们看到这个被桑顿·怀尔德无数次重复表述的小镇，仍然可以想到自己的故

《我们的小镇》
〔美〕桑顿·怀尔德著，但汉松译

乡，甚至将自己故乡里的人和故事代入剧本。

第一幕里的医生，他熟悉小镇上所有人的身体情况。他不由得让我想起我们村里的医生。而恰好，我的小学同学里也有一对双胞胎，这让我阅读时无端生出亲近感。当然，我乡村生活的记忆，并没有如此文明的秩序，比如牛奶工以及报社总编，可是，哪个村镇没有一个广播站呢？还有，送牛奶的工人没有，可是我童年印象最深的，是摇着拨浪鼓在街巷卖吃食的老人。他总能定期地将世界上丰富的味道传递给我们，即使我们没有钱来买，但也总能凑在他的箱子边上，狠命地闻一下他出售的零食的味道。

这种种的代入式的阅读体验，让我一边阅读同时也一边梳理自己的乡村记忆。

这些记忆有的脱离这个剧本，向着遥远的故事情节走了，让我忘记了阅读。所以，这册薄薄的小书，我读得很慢，却也因为这缓慢的节奏，而更加喜欢这本书。

怀尔德的简介里有一段文字，非常吸引我，他竟然在中国居住过。他的父亲曾经担任过美国驻华总领事，为此，他在中国的烟台居住过，甚至还念过书。

烟台的生活经历会不会对他造成影响，不好论述。但是，《我们的小镇》里所描述的熟人社会的亲情和友谊的确有和我们的传统文化相近的地方。怀尔德笔下有合唱团，我不由得想起乡村喜宴或丧宴上的响器班，他们吹唢呐，唱悲伤的地方戏剧，都是对我童年生活的文化补充。

如果说《我们的小镇》第一幕是春天，是孩子童年或者少年的记忆，是一张青涩而泛黄的照片，那么，第二幕是堆满糖果的一张婚宴底片，仿佛，只要在暗室里冲洗一下，便可以将整个场景复活。声音和色彩随之而来。医生的儿子乔治要娶报社总编的女儿艾米丽，竟然，和中国的传统文化一样，在结婚前的一天，新郎和新娘子不能见面。100年前的美国和20纪80年代的中国相似，我的少年时代的记忆也是如此的。而结婚所展示的，不仅仅是青春和欲望，更展示了美国底层小镇的风情和民俗。噢，对了，还有音乐。我记下了那音乐的名字，是手风琴拉出来的《广板》。

第三幕是伤感的油画，需要有光线直射过来，远远地看，才能分得清这底片上悲伤的层次。

是的，第三幕描述小镇上的死亡。自然，我在阅读的时候，又一次想到了我的乡村的死亡事件。和怀尔德笔下的死亡不同的是，中国乡村的非正常死亡，并未引起人们足够的重视。而在怀尔德的笔下，每一个人的死亡都是对小镇历史的一次重写。他们对个体的尊重在这张底片上被放大，个体因而显得饱满而生动。

剧本和小说的区别在于，除了故事叙述的结构更为复杂以外，剧本有声音和人物活动的画外内容。比如在第三幕，除了舞台经理的画外解说，还有像短片式的插曲。这种闪回的黑白镜头，插在正在进行的剧情里，让大家知道，故事是怎么开始或者结束的。

已经死去的艾米丽，在小说的叙述中很难再度回到故事里，可是，在《我们的小镇》这个剧本里，她又回来了。不仅如此，她甚至还可以隔着死亡与现实的空间，和没有死去的人进行对话。这种"穿越"是超现实主义的尝试，是将时间完全打断，将故事正在进行的纵深打破，是的，作者将情感放在了第一位。此时剧情需要的不是逻辑，也不是时间的顺序，而是情感的满足。我想到了什么呢，我想到了我幼年时看到一出巫婆的戏剧。未成年死去的人，始终不肯离开家庭，每每在深夜的院子里哭泣，于是，巫婆便采取让死去的人鬼魂上身的方法，和逝者家人对话。一问一答，俨然是活着时的样子。直到家人满足了死者的愿望，鬼魂方离开巫婆的身体。我每一次看到这样的巫婆演出，都兴奋不已。而怀尔德在《我们的小镇》里实现了这些。

《我们的小镇》制造了熟人社会的一个通用叙述模式。差不多，桑顿·怀尔德是写下了整个美国的小镇史，甚至是全世界的小镇生活史。不仅仅是小镇的风情史，也写下了他们的生活方式和价值观念，当然，还有喜悦和悲伤。

别想摆脱书

我们与书是什么关系呢？翁贝托·艾柯在1991年的一次演讲里做了美妙的比喻，大概是这样的："看完一本书之后将其抛弃，就好像刚刚和一个人发生了性关系就再也不想见到他一样。"是的，我们每一个现代人，都不可能与书绝缘，我们与书的关系是一种恋爱的关系，甚至是一种肉体的关系。这样的比喻，差不多救活了纸质的图书，现世的我们，有哪一个不需要一个肉体的恋人呢？

艾柯是个有趣的人，他有丰富的个人藏书，并由此积累了诸多冷门而有趣的知识。很多人因为有了知识而变得无趣，可艾柯相反，他几乎只关注有趣味的人生。

"植物的记忆"是艾柯对以文字为代表的人

《植物的记忆与藏书乐》
〔意〕翁贝托·艾柯著，王建全译

类文明的一个命名。在纸质印刷品出现之前，人类文明通过口口相传的有机记忆方式存在。其实，这种有机的记忆，在纸质书出现之后，依旧长时间存在着，一直延续到今天，比如有些非物质文化的传承人所掌握的独属于他们内心的一些体验。

艾柯在《植物的记忆》这个演讲里，用概略的方式梳理了人类存在的哲学依据，是记忆。也就是说，人类的辨别能力以及思考能力，都根源于记忆。而记忆是一个庞大而无序的矿藏，文明来源于记忆的有限选择。当记忆有了选择的空间，人就存在了。如果记忆没有办法选择，人类就是动物，是无序存在的。当记忆有了取舍，有了意义的指向，人类便产生了意识，有了认识亲人的能力，有了新陈代谢，有了尊重老去的人的秩序感。

一开始，人类文明的记忆方式靠年长的人口头告知，在数以万年的历史里，人类文明没有文字记录，年长的人用自己的经验来建立人类的文明和秩序。这便是艾柯总结的有机的记忆。而相对于这种口口相传的记忆方式，接下来的矿物记忆则要容易保存一些。比如刻在石头上的一些岩画，或者用黏土和木头建成的房子，这些刻在石头或者大地上的人类文明，以矿物质作为载体，艾柯将之称为"矿物记忆"。电脑也被艾柯归类为矿物记忆，因为电脑借助于网络和硬盘储存记忆，是一种叫作硅的矿物质。

随着印刷术和纸质图书的出现，人类开始有了植物的记忆。艾柯这样写道："随着书写的发明，渐渐诞生了第三种类型的记

忆，我决定称之为植物记忆，因为，虽然羊皮纸是用动物的皮制成的，但是纸莎草是植物，而且正是由于纸的发明（从十二世纪开始），人们用碎麻、大麻、粗布制成了书籍——此外，'书'的希腊文和拉丁文的词源都来自树皮。"

在没有植物记忆之前，人类获得经验和文明的方式是猜测，是模糊的，不确定的。而有了植物记忆之后，人类开始阅读，成了与书写者的对话，有了具体的阅读对象，甚至有了确定的经验可以节约人生的时间。

植物记忆改变了人类历史的储存方式，所以，历史上有不少次对图书的禁止和管理。这样造成的结果是，有一些书因为政治的需求而对后世的读者造了假，这样的植物记忆成为一个无效的记忆。然而，植物记忆并不是单一的存在，不同版本的植物记忆相互补充，有时候成为一个阅读者自我辨析的依据。

随着印刷术的进步，在现代文明的语境里，人类面对图书时由开始时的资料有限，到现在的供应过剩。我们每一个人一生的时间是有限的，而存世图书的类品却远超一个人一生所能阅读的总数。那么，如何选择一本书，成为很多人的难题。艾柯总结图书过剩时给读者带来的困惑，他这样比喻："植物记忆的普及好似民主制度所带来的一切缺陷：在一个民主政体里面，为了允许所有的人讲话，必须给那些没头没脑的人，甚至是流氓混蛋讲话的机会。"

正是由于这样的原因，和一本书建立恋爱关系是非常必要的，所以读书如同恋爱，如果找到的恋爱对象不适合自己，趁早分手，以免浪费双方的时间。

是的，有些书注定要被扔到垃圾箱里，成为被我们遗忘的记忆垃圾。

书籍是有寿命的，所以不同时间出版的不同版本对同一内容的图书也是一种保护。而正因为书籍会变老，会变少，会变成珍藏的版本，才会有一些爱书的人，将书当作一种特殊的文化产品收藏起来。

在艾柯这里，藏书的乐趣不仅仅意味着收藏珍贵的版本，还意味着他可以读到许多在大众阅读市场看不到的深刻与广泛。比如，他有一本研究 1842 年卢梭的一个疯狂实验的书，记录了把猴子的睾丸移植到人体上的实验，并用银子进行了睾丸的修复术。还有一本专门研究人们手淫的作品。最为恐怖的是，艾柯竟然有一本 1901 年出版的关于食尸癖的书。

作为植物记忆的图书，几乎是人类精神活动的最为忠实的伴随者，艾柯在《植物的记忆》一文结束的时候，特地摘录了《尤利西斯》中关于坐在马桶上阅读的段落，以说明阅读是一种身体的节奏。读书不仅仅关乎精神的愉悦、记忆的增减，最重要的，通过阅读内容的高潮和低谷、沉闷与鲜活，作为读者的我们，还可以调整我们身体里的一些潜伏的情绪，制造活着的种种计划和内容。

　　活着，我们只要有精神生活的需求，就不可能摆脱书。在当下，图书的过剩意味着言说者的欲望强烈，这样也好，一个有丰富的书可以阅读的时代，就像一个有很多女人可以谈情说爱的宴会厅一样，我们总能找到一个合适的对象。

契诃夫的朋友圈

《可爱的契诃夫》是契诃夫书信集的精选，译者童道明先生熟悉契诃夫的每一封信。他的注释像极了微信朋友圈的跟帖，看起来十分幽默，又打通了契诃夫的生平和逸事。在这样一个微阅读的时代，阅读大部头的书信集，可能会显得高深，而这样一本精选版的书信集，就像打开了契诃夫的微信朋友圈一样愉悦，有窥视感。

高尔基有一天晚上看了契诃夫的戏剧《万尼亚舅舅》，感动得哭了。他给契诃夫写了一封深情的信，说："我哭得像个女人，尽管我远不是个神经脆弱的人。回到家里，惘然若失，被您的戏揉皱了，给您写了长信，但又撕了。我说不好这个戏在我心中引起的感受，但我看着这些剧中人物，就感觉到好像有一把很钝的锯

《可爱的契诃夫》
〔俄〕契诃夫著，童道明译著

子在来回锯我。"

收到信的当天，契诃夫便回复了高尔基："您问我对您的短篇小说有什么意见。有什么意见呢？您无疑卓有才华，而且是真正的才华。比如，在短篇《在草原》里，这才华就以非凡的力量展示了出来，我甚至起了妒忌心，因为它不是我写的。"

契诃夫的朋友圈相当有艺术范儿，因为写剧本的缘故，他和自己戏中的女主角一见钟情，他在写作时便知道他笔下的女人是什么样的。可是，让他惊讶的是，当他去莫斯科艺术剧院看《海鸥》的演出时，一下认出了女一号克尼碧尔，他觉得，她就是那个从自己的笔下逃出来的女孩。他喜欢上了她。巧合的是，克尼碧尔也是契诃夫忠实的粉丝，见到契诃夫以后两人一见钟情。两个人分开后，克尼碧尔给契诃夫写信，说："当您离去的时候，我是那么的痛苦，如果不是维什涅夫斯基陪着我，我会大哭一路了。暂时还没有入睡，我思想上与您一路同行。"

收到信后，契诃夫给克尼碧尔写了生平第一封情书，在信里，他变成戏剧中的人物，觉悟而柔软，他这样写道："我几乎不到花园里去，经常坐在房里想您。而当我在车上经过巴赫契萨拉伊时，我就想起了您，想起我们是如何一起旅行的。可爱的、非凡的女演员，美丽的女人，如果您知道您的来信给我带来了多少欢乐。我低低地向您鞠躬，低低地，低得额头要碰到我们家那口已经挖到八丈深的井底。"

果然是可爱的契诃夫，第一次写情书，也不忘记将戏剧里逗乐的本事搬出来。

契诃夫是医学毕业生，因为热爱文学才转行做作家。他曾经在给中学同学的信里说过一句金句："医学是我的合法妻子，文学是我的情人。当然，二者互相干扰，但还没有到互相排斥的地步。"有一阵子，他读别人的作品，一旦涉及医疗的主题，他总要评头论足一番。比如 1891 年他给苏沃林的信里，写他读托尔斯泰《战争与和平》的感受，便觉得小说里医生的水平太差了，他恨不能自己跳进托尔斯泰的小说里，将小说里的某个人物救活过来。因为，他具备这个能力。

这的确过于可爱了。

他对托尔斯泰的喜欢是通过贬低别人的方式来实现的。1893年，他在给苏沃林的两封信里都赞美托尔斯泰："我在读屠格涅夫，很精彩，但他要比托尔斯泰矮一大截！我以为托尔斯泰永远不会变老。语言可以变老，但他永远年轻。"这样说一句还不够，过不久，又在信里贬低屠格涅夫，说："只要一想到托尔斯泰的安娜·卡列尼娜，屠格涅夫的那些露着迷人肩膀的女人就黯然失色。"

幸好，契诃夫的朋友圈和屠格涅夫的朋友圈交集不多，不然，过不久，屠格涅夫就会过来找他决斗。

决斗的事情，在契诃夫这里，差一点就发生了。原因是他在 1892 年 4 月发表的中篇小说《跳来跳去的女人》。小说写了一个医生的妻子，因为嫌弃医生过于平凡，就想找些生活的刺激，每天周旋于演员、画家和作家等名流之间，并和一个画家打得火热。于是契诃夫的一个情敌，画家列维坦对号入座，怀疑小说中的画家写的是他，要和契诃夫决斗。

契诃夫的戏剧给他带来了爱人克尼碧尔，友人高尔基，却并没感动契诃夫的偶像托尔斯泰。

契诃夫曾经因为托尔斯泰读过自己的小说而高兴得手舞足蹈。可是托尔斯泰却并不喜欢契诃夫的戏剧作品。

1901 年 11 月 16 日，在给妻子克尼碧尔的信里，契诃夫写了他和托尔斯泰见面的事情："我的开心果，昨天我去看望了托尔斯泰。他躺在床上，稍稍碰伤了脚，现在卧床静养。他的身体情况有了好转，但毕竟只是十月末梢的几个暖日，而寒冬已经临近，临近。我的到来显然让他高兴，而我不知道为什么他会特别高兴。"

关于这次会面的情形，契诃夫也告诉了作家蒲宁。蒲宁后来在回忆录里写过契诃夫与托尔斯泰的这次会面，蒲宁将托尔斯泰差评契诃夫戏剧的事情详细写出。大抵的情形如下：托尔斯泰让契诃夫吻下他，契诃夫照做了。然后，托尔斯泰就对着契诃夫的耳朵小声说，但我还是不能容忍您的剧本。莎士比亚写得很坏，而您写得更糟。

哈哈，如果说契诃夫将如此好玩的事情讲给蒲宁听是一种可爱，那么，托尔斯泰当着契诃夫的面说坏话，简直是珍贵了。

差一点忘记了。契诃夫的朋友圈中，还有著名的音乐家柴可夫斯基。1889 年 10 月的一天，契诃夫给柴可夫斯基写信说："这个月我准备出一个自己的新的小说集。这些小说像秋天一样枯燥、单调，艺术的因素和医学的因素混淆在一起，但这并没有打消我向您提出一个诚恳请求的勇气：请允许我把这本书献给您。我非常希望能得到您肯定的回答，因为这个奉献，第一，能给我带来很大的满足；第二，它能多少表达我对您的尊敬之情，这份敬意迫使我时时想起您。"

而柴可夫斯基也非常开心契诃夫把新的小说集献给他，几乎在第一时间，柴可夫斯基在给弟弟的信里就分享了这个好消息："你倒想想，契诃夫写信给我说他要把一本新的小说集献给我。我已经去拜访他向他表达了谢意。我深感自豪，我非常高兴。"

《可爱的契诃夫》既忠于契诃夫的原信，又因译者挑选的缘故，使我们看到了一个幽默的可爱的契诃夫在他的朋友圈里，时而深沉，时而撒娇。而这些书信又刻画了属于那个时代的俄罗斯文学圈，契诃夫与各个作家的关系，与文学奖项的关系。

契诃夫除了"可爱的"形象之外，定然有其他角度，比如，他曾经对参加一些无聊的文学聚会表达反感；比如，他还给一家刊物的主编写过绝交信；甚至，他在乡下居住期间还做着乡村医生的工作，步行到很远的地方给人看病。这些形象和"可爱的契诃夫"并列着，他们综合在一起，成为一个真实的完全的契诃夫。

而在童道明的注释里，可爱的契诃夫正端着一杯咖啡，从纸里走出来。他单纯热烈地爱着文学，以及女人。

如何赞美爱慕虚荣的妈妈

北野武的叛逆期很长，一直到他成为一个知名的导演，还常常传出一些孩子气的笑话，比如有传闻说他刚买了保时捷车时，自己坐在车里开着感觉不好，因为他自己看不到自己开保时捷的样子，就让朋友开着他的保时捷车在前面走，他自己呢，打一辆的士在后面跟着，还对出租车司机说，你看，那是我的保时捷。

好笑，可能是媒体调戏北野武时攒的段子，但是，北野武做得出这样的事情。

然而，阅读北野武撰写的长篇散文《菊次郎与佐纪》，之前在记忆里已经丢失的碎片瞬间被激活。原来他生长在这样的一个环境下，原来他的母亲是如此"爱"他的，原来……至少有数十个"原来"让我们惊叹。是啊，北野武的成长史，便是和母亲的战争史，而且是一场

《菊次郎与佐纪》
〔日〕北野武著，陈宝莲译

152

屡战屡败的血泪史。

北野武的母亲佐纪女士是一个爱慕虚荣的人，正因为她爱慕虚荣，所以，才会需要儿女们有足够多的成绩来满足她的虚荣。比如，北野武的姓氏"北野"，竟然是母亲第一个男人的姓氏，是一个海军中尉。这个中尉死后，母亲骄傲于他的姓氏，拒不改姓，以招女婿的名义嫁给了北野武的父亲菊次郎。所以，北野武只能随母亲的姓氏，而母亲的姓却是那个中尉的姓。说起来真够荒诞的，连同现任老公都要改成前任老公的姓，只是因为那个中尉的身份更高一些。

北野武的父亲菊次郎，仿佛除了喝酒之外，在孩子们的记忆里，并没有任何深刻的印象，那是一个内向的人，从不喜欢和陌生人说话。又因为是被母亲招赘的上门女婿，所以在家里的地位又格外低了一些。这更导致他个性的封闭，所以，北野武笔下的母亲要比父亲形象鲜活得多，也饱满得多。

父亲的老实内向，更加衬托了母亲的荒诞。比如，北野武的母亲佐纪常常吹嘘自己出身名门望族的原因竟然是，佐纪的爷爷是一个弃婴，被人丢弃时身旁放了一些金币和一把日本刀，那把刀是一个国宝。所以，这种推测而来的身世让母亲一生都有着常人不能理解的骄傲。

遭罪的是北野武兄弟们，很小的时候，母亲给北野武报各种补习班，甚至还自学英语对北野武进行提问，这让北野武异常的反感。

母亲对北野武兄弟们的严格是某种自卑的表现，生怕孩子将来长大了没有出息，所以要给孩子们点颜色看看。这是她的教育核心理念。

当北野武不喜欢吃某种食物的时候，母亲是如何做的呢？答案相当粗暴，直接将食物拿走，取消吃饭的资格。如果还不听教训，第二天仍是嫌弃食物的话，依旧没收。所以，有过一次教训之后，北野武便学了乖，埋头吃完。

终于，北野武考上了大学。上了大学后，他筹谋已久的背叛母亲计划终于要实施了，大学二年级的时候，他退了学，转而去学说相声。他甚至趁母亲不在家的时候，回家将自己的东西打个包运出来，想偷偷地逃出家庭。然而恰好被母亲堵在了路上。

母亲偷偷跟着北野武到了他新租的房子那里，她预测到北野武事业的艰难，当北野武欠房东房租的时候，偷偷地跑过去给儿子补交了房租。北野武与母亲的战争，又一次失败。

北野武上了电视，赚到人生第一桶金的时候，觉得自己有些出息了，打电话给母亲，大概也是想让她分享一下自己的成功。可是，母亲第一句是"给我零用钱"。北野武准备了30万元，很是得意，母亲的评价是"就这么一点？"哈哈，北野武电影台词里那些有着反讽性格的人，大概多多少少都有些他母亲的影子。

自从北野武第一次给母亲上交零用钱以后，他们的战争便升级为金钱战争，母亲动不动就打电话给他，说零用钱用光了，再给30万。母亲像个间谍一样，一直看报纸新闻和电视新闻，一有北野武演出消息，便会立即打电话要钱。北野武有一阵子非常苦恼，觉得他永远被母亲掌握在手里。

母亲老了以后，仍然保持着强度很大的虚荣，北野武这样写佐纪女士："听姐姐说，她交了一个好朋友，是长野有名的望族。母亲得意地告诉探病的人，那个人家世不同，很有气质。我们很谈得来。"

北野武便笑母亲，他甚至相信母亲之所以长寿，和她自身的虚荣有关：她一定要比别人活得好，有了这样的愿望，自然能活得长久些。

最后一次战争便是北野武写《菊次郎与佐纪》这部作品的时候，他从医院回东京，姐姐交给他一个袋子。袋子里有一个日记，上面详细地记清楚了北野武给母亲的每一笔钱，还有一个存折。钱一分没有动。是母亲担心北野武当演员做不长久，又不会存钱，以后没有钱生活，所以，给他存的。

北野武这样写他和母亲战争的失败："我给她的钱，一毛也没花，全都存着。30万、20万……最新的日期是一个月前。轻井泽邮局的戳印。存款接近1000万日元。车窗外的灯光模糊了。这场最后的较量，我明明该有九成九的胜算，却在最终回合翻盘。"

北野武一直强调自己是一个笑星，哪怕是母亲死了，也不会哭的。可是，当他看到母亲这么多年来用表面战争背后爱护的方式关注着他时，他流泪了。"车窗外的灯光模糊了。"

而那个给北野武内心带来极大压力的母亲，那个爱慕虚荣的母亲，那个动不动就嘲笑北野武笨蛋的母亲，那个整天嫌北野武给钱少的母亲，竟然是用最为尖刻的方式包裹着自己对儿子最深沉的爱，这种爱，一定能彻底打败孩子。

母亲过世之后，北野武守灵，有记者拍照，北野武痛哭失声，被电视台节目拍到。北野武这样写他和母亲的这场战争："我输了。在守灵夜那天的记者会上，终于放声痛哭。综艺节目一再播出那个画面，真是失态。"

母亲去世了，哭了，这有什么失态的呢？不由得让我想起，读《菊次郎与佐纪》时，北野武在车站等着姐姐来接，等得不耐烦了，抱怨姐姐来得晚，姐姐对他说："还不到五分钟，那么夸张，跟妈一样。"

是啊，母亲死了，当儿子的自然要哭了，有什么失态的呢。感到自己失态，这差不多也是遗传母亲佐纪的虚荣心。母亲在世的时候，北野武输给母亲，母亲去世了，他仍然是输者，因为，身体里，本来就流着母亲的血液。

爱是最有力的武器，孩子对母亲的爱根本抵不上母亲对孩子的爱的一半，所以，战争自一开始打响，就没有悬念，北野武，也不能例外。

而北野武聪明的地方是，他用最深情和自然的文字，记录了他和母亲的这场战争。他几乎将母亲的个人史，母亲和父亲菊次郎的婚姻史、和儿女的战争史都白描了下来。看完这部作品，我们会理解，一向个性暴烈的北野武，如何能拍出那么温情的《菊次郎的夏天》，那一定是他受委屈的童年最常构思的故事，关于孤独，关于爱。

杂草的正史与野史

"杂草"这个词语常让我们想到人类自身。

杂草强调的是生长的位置感。在欧洲的定义里，杂草是出现在错误地点的植物。一种花或者一种草长在了粮食地里，哪怕这株花的价格是麦子的数十倍，对于农人来说，它依旧是入侵者，是可恨的杂草。人类也一样，当一个人的感情产量丰富，经常要到别人家庭里去体验生活时，那么，不论这个人在自己家庭里如何善良正直，在别人的眼里，也是家庭稳定的杂草。

这类比，可能会引起道德癖们不适，然而，在这册《杂草的故事》中，作者的闲笔里全是可以类比人类感情的野史。比如作者梅比写千屈菜这种性格安静的花卉，喜欢在沼泽地旁边生长，从不向远处蔓延。也因为它的性格很安

《杂草的故事》

〔英〕理查德·梅比著，陈曦译

静，所以，当地人喜欢将千屈菜的花摘下来，挂在易怒的公牛的牛角上，这样可以平息牛的心情。真不知这样的习俗，在当地是否还保留着，但是，《杂草的故事》中千屈菜的插图，真的好看，直直的生长，像是个喜欢孤独的小女孩。

杂草的迁移分很多种情形，比如一只鸟如果在飞行的途中病死，那么，它胃中的杂草种子，在很多年以后会从土里长出。而农人的裤角和鞋子上的泥巴也是杂草迁移的主要携带来源，英国植物学家爱德华·索尔兹伯里，曾经在自己卷边的裤角里沾带的泥巴和植物碎片中培育出20多种总计300多株杂草。杂草的种子产量比正常的植物要多出许多倍，比如一棵毛蕊花可以生产40万粒种子。这些种子充满了人类的智慧，为了能走得远一些，在生物进化的过程中，有一些种子天生有一种薄薄的胶膜，一旦遇到来觅食的小鸟，这些种子就粘在小鸟的身上或者脚爪上，这样便可以向很远的地方传播。

不仅仅如此，杂草的生存能力比人类更持久的原因是，它们有在土壤中长期休眠的能力。矢车菊和麦仙翁的种子可以在受到除草剂伤害的土壤里休眠30年，遇到合适的土壤便可以发芽。而酸模的种子可以在泥土里或者其他环境里休眠60年，依旧可以种植。最牛的是一种叫作藜的植物，它的种子在一个1700年前的遗址里被考古学家发现，考古学家将这些种子种植后，这些种子蓬勃发芽了。天啊，它们竟然可以睡眠1700年。

爱默生为人宽厚，他对杂草的定义是：还没有被发现优点的植物。比如小麦，在很长一段历史时期内，都是杂草。而且是生长在沙漠里的杂草。因为小麦长得一样高，小麦的麦粒又富含可以食用的淀粉，所以，人类利用小麦生长的高度一样这样一个特性，开始大规模培育，使得这样一种野生的杂草成为粮食。

而当人类有了主体种植物，不论是种植可以食用的小麦和水稻，还是种植美化自己家园的玫瑰和月季，那么，总会有一些地点选择错误的种子发芽，占据人类生活所必需的植物园。那么，人类清除杂草的历史便开始了。

一开始，人类清除杂草就是用手，又或者把杂草当作食物，拔下后，想办法吃掉它们。在吃杂草的过程中，人类发现，有些杂草是有益于人的身体健康的，而有些杂草却是有毒的。

对于有毒的杂草一开始人类并不能认识到它们的毒性，以为这种杂草是神，是老天派来惩罚人类的，这便成了巫术的起源。

比如12世纪英国的阿普列尤斯所著的《植物记》里，曾经将艾草当作神灵一样供奉，他在写艾草的时候这样写道："若将此草之根悬于门上，则任何人都无法损坏此房屋。"而蓖麻呢，他又这样写："若将此植物的种子置于家中或任何地方，可保此地不受冰雹袭击；若将此种子悬于船上，则可平息任何暴风雨。"

这样的书写现在看来简直是可笑，可是，作为一本权威的植物学专著，它曾经风靡数百年。

大概是因为对于有毒植物未知的恐惧吧，人类开始给一些杂草起一些很难听的名字，像是要诅咒这些野草才能获得安慰。人们给春黄菊起名叫"魔鬼雏菊"，叫田野毛茛为"魔鬼之爪"，给金钱薄荷起名叫"魔鬼的烛台"，蒲公英叫"魔鬼的奶桶"。

1523年，约翰·菲茨赫伯特在《农耕之书》里第一次给杂草们列了二十几个黑名单，因为这些杂草能让在田间干活的农夫皮肤红肿或者受伤。

到此时为止，杂草和人类的交恶史正式开始了。

有关杂草的巫术，我想说一下风茄这种植物。在梅比的笔下，风茄因为长得特别像人体，且有着形象的生殖器，所以，在早期文明未知的时候，人类将风茄当成春药来使用。认为吃了风茄的根就可以让男人更厉害。

而风茄，在传说里，又是一种通灵的植物。据说它在绞刑架下生长得最好。因为尸体会给它提供足够多的肥力。而巧合的是，如果风茄长在男尸的地下面，它的根部就会生成男人的样子，相反，则是女人的样子。因为风茄的根太像人类了，所以在采摘的时候，要求很高，如果不小心将风茄的根部弄折了，就算是犯了谋杀罪，那么，人类自己就会受到风茄的报复。所以，在很长一段时间内，采集者都是用狗拉着一根绳子来采摘风茄的根，这样，如果出了什么意外，牺牲的就是狗的性命。

这当然是一段野史，在深夜的时候讲出来，相信会吓倒一部分人。

然而，风茄的根部作为治疗男女不孕和催情药，却是属实

的。到现在为止，人类仍然在利用风茄根部的药用价值。

《杂草的故事》里，从不缺少可读的知识，以及启蒙读者思考的人文资讯。但是，我更喜欢停在这些杂草正史或野史的细节里。

三色堇在英国有一个忧伤的名字，叫作徒劳的爱。因为三色堇的下边的三片花瓣像是一个女人被两个男人夹在中间，是一个很难的爱情选择啊。当然，还有更有趣的内容，莎士比亚在《仲夏夜之梦》里，将三色堇的汁液神化了，在他的笔下，只要将三色堇的汁液挤在入睡了的男人的眼皮上，那么，第二天醒来之后，他们会爱上第一眼看到的人。

这简直是给一个人种上了爱情的蛊。

车前草，也是一种和爱情有关的植物，主要是一些年轻的女孩用来占卜自己未来的爱情。她们用车前草两根老鼠尾巴般的穗状花序，去掉上面所有紫色花药，将这两个花序用酸模叶包好，放在一块石头的下面。如果第二天花序上萌发了更多的花药，就说明爱情快来了。

理查德·梅比的写作，不仅仅是博物资料的摘录，更多的是他对杂草历史的梳理，他将杂草与人类的关系用非常生动可读的文字记录下来，给我们新的启蒙。

在物质丰富、科学探索越来越深邃的今天，杂草的定义也发生了变化，有很多杂草成为珍贵的花卉，甚至是成了保护性种植的植物。也有一些珍贵的，甚至过去是皇家园林专有的审美植物，现在成了人类要用法律来禁止种植的杂草。这既是现实的变化，也是一种价值观的变化。

当年美国因为越战而对越南的原始森林喷洒了大量的橙剂，导致越南森林枯萎，而杂草却趁机丛生。这些杂草过了几十年后，终于通过了集装箱旅行到了美国，并成为美国人最为头疼的具有毁坏性的植物。

人类往往以为自己可以控制自然的一切，然而，看了这册《杂草的故事》，我们就会明白，我们连一株杂草也打不过。因为，我们没有它们那么顽强的生命力。

不给赤名莉香写一封信，
我们的青春不会结束

赤名莉香是 20 世纪 70 年代出生的部分中国男生的情商启蒙者，可以这样说，作为一个"70 后"的男人，如果不给赤名莉香写一封信件，那么，我们的青春期永远不会结束。

因为同名电视剧《东京爱情故事》的热播，四角恋爱故事取代了旧有的三角恋爱叙事模式，成为当年火热的情感话题。对于成长在 20 世纪 90 年代的中国男生，这样的故事如同一味感情的芥末，直接打开我们封闭而陈旧的感官和两性观念，使我们瞬间中了赤名莉香的毒。

近日阅读柴门文的原著漫画，才知道这部作品有着更为贴近东京 20 世纪 90 年代初的生活背景。那应该是日本两性最为开放松弛的时代。和电视剧版不同的是，《东京爱情故事》纸本的开头部分，便设计了一场让人误解的故事：

〔日〕柴门文著，苏枕书译

《东京爱情故事》

永尾完治和三上健一喝酒时遇到了一对女孩，于是两个人就上前去搭讪，三上健一负责吹牛，永尾完治负责羞涩。三上健一对女孩介绍永尾完治，说，别看他这么害羞，其实是装的，他可是乐队的主唱。

年轻时不吹牛不骗人，显然是一种损失。永尾完治和三上健一相比较，永尾完治就是那个情感的穷光蛋，除了在自己的感情存折上单恋过关口里美却又不敢留任何证据之外，他的情感史一片空白。而三上健一却已经阅人无数，感情存折已经更换过新的存折本。

他自然能从众多的女孩中一眼便找到哪个是适合自己的，而哪个是不适合自己的。

所以当他和永尾完治挑选女孩的时候，三上健一知道永尾完治要挑那个长发女孩，便让他先挑。果然，三上健一领着短发女孩讨论人生去了，永尾完治满心欢喜地和长发女孩散步回家，女孩醉了酒，想要找个地方休息一下再走。那只好开房间了，永尾完治以为自己的青春期终于可以释放一回了，遗憾的是那女孩到房间便吐了一地。永尾完治很是泄气，青春就是这样，先挑的未必就能找到合适的人选。他下楼结账，准备结账后回家睡觉，却发现，钱包忘记带了。在一楼翻着兜找钱的时候，竟然遇到了赤名莉香。完治尴尬极了，一是觉得自己找女人的事情被她发现，再则是发现赤名莉香和其他男人开房间后的失落。避不开，只好找赤名莉香借钱。还好，一切都有惊无险，当永尾完治进入赤名莉香订好的房间后，里面并没有男人。永尾完治剧情猜测失败。

这便是《东京爱情故事》纸本小说的开头部分。这一部分在电视剧版完全删除了。柴门文的原著小说更全面地刻画了人物，比如，她给永尾完治设计了一个养鸽子的经历，并让永尾完治给那个醉酒的女孩讲述放鸽子的细节。这样的细节会让读者联想到赤名莉香，她刚刚被放了鸽子。这备注了永尾完治的心理活动，虽然他不能确定自己的感情，但是，他关心赤名莉香，这就是证据。

男女相处中，情商高的一方一般是采取主动的那一个。而情商低的人，通常是隐藏喜欢和爱慕。《东京爱情故事》中，例证是如此的明晰。比如赤名莉香喜欢永尾完治，便主动送爱示爱，甚至求爱。而永尾完治喜欢关口里美，不语。关口里美喜欢三上健一，不表。

20世纪90年代中期，《东京爱情故事》在中国热播的时候，我们这些已经沉淀在青春期深处的大学生们，一方面修正自己的爱情观念，一方面又激烈地用对和错来衡量感情。犹记得当年，周末和女生们一起看电视，一群人痛骂关口里美不停地在两个男人之间打转的恶毒。

大约两个低情商的人是没有办法直接相爱的。比如永尾完治和关口里美，永尾羞涩，关口闷骚，坐在一起，时间都是空白，两个人在一起，若没有记忆，想来也不会长久。

《东京爱情故事》的美妙之处在于男女之间情商的启蒙。永尾完治羞涩单纯，那么，他便需要一个看过世间繁华的赤名莉香来温暖他。而关口里美的犹豫不决，又需要三上健一直接用身体来交流的方式启蒙。

赤名莉香对永尾完治的喜欢，多少有一种对弱势者的同情。这是他们爱情的出发点，然而，爱情的事，每一分钟都会出现变化。当两个人一起奔波，一起喜悦，一起对着月亮发呆，一起食用彼此的身体，那么，低情商的永尾完治迅速将赤名莉香的情商平均了过来。

电视剧的版本将赤名莉香的童年生活地改成了美国，仿佛美国就意味着文明的来源是正版的，好使得赤名莉香和永尾完治的感情对话中，赤名莉香的主动表达是因为有着美国的基因。而原著中的赤名莉香童年时是生活在非洲，在原著里，柴门文给赤名莉香设计了一个美妙的桥段，当永尾完治心情不好的时候，赤名莉香教他说非洲话，"我很悲伤"这句话用非洲话来说竟然是：哇哈哈哈。

这么好的段子，因为编剧将莉香派到了美国，只好舍弃。

故事的核心部分变化并不大，莉香知道完治是一个保守的人，是那种上一次床便要对女生负责终身的人。她不喜欢这样的一种身体绑架，所以，她铺垫各种剧情，让永尾完治既能体味到她身体的美好，又不至于有道德上的约束感。

她最后做到了，然而，这样的情商启蒙课，对永尾完治这种感情必须在封闭空间里才能进行的人来说，也会生出另外一种副作用。那就是，一旦关口肯回到他身边。他立即便在自己的心里计算，关口的生活轨迹和活动范围，以及关口在婚姻生活中里的管理成本和私有化程度。总之，这一系列的心理活动，都会在一瞬间完成计算，并以大数据的方式和赤名莉香形成对比。

赤名莉香打开了永尾完治对女人的想象，让他走出了关口式良家女孩的单一模式，让他知道，原来女人还可以如此的妖娆，有温度。然而，赤名莉香也从永尾完治的身体里学到了对感情的执着。最后，当她决定要离开永尾完治，成全他和关口里美的时候，她独自一人去了永尾完治的老家，这样，她拥有了永尾完治完整的青春期。

在20世纪90年代中期的中国大陆，赤名莉香的出现，重新定义了完美女性的性格及模样。赤名莉香毫不掩饰的真挚，以及将自己切成十份每一份都给心爱的男人的热烈，都让男性观众们陶醉。她不仅刷新了男人对女性的想象，最重要的一点是，她用身体的释放来帮助男人降低道德上的自责和卑劣感。她就像一个心理按摩师，一点一点将永尾完治融化。

每一次想起赤名莉香，脑子里永远是电视剧片头曲的那种悲伤的旋律。她是我们这些男性观众心里的悲剧人物。按照我们世俗的标准，她应该和永尾完治在一起。而三上健一呢，明明也决定改正自己花花公子的一面，认真而单纯地和关口里美爱一场，然而，小说永远不能低于观众的预期。作者给赤名莉香设计了一个孤独的结尾，让她满腔的热情结成了冰块。

生于20世纪70年代，成长于20世纪90年代的我们，其实每一个人心里都活着一个赤名莉香，她让我们第一次知道，两性之间的爱，可以如此的简单热烈，可以如此的不计后果。

森茉莉，一个变老了的洛丽塔

在网上看到有人嘲笑森茉莉，说她的写作多是意淫，只是在巴黎生活了一年而已，便写了那么多东西。这嘲笑有点小气，对于一个有审美的人来说，只生活一个月便已经够了。而对于一个迟钝的人来说，生活在那里一辈子，也不过只是生存而已，哪顾得上听花开的声音、闻月光的味道。

森茉莉出生于一个文学世家，父亲是当时知名的作家。16 岁那年她嫁给了一个研修法国文学的美男。她 50 岁之前没有写作，如果说是文二代，似乎也算不上。父亲去世 30 年以后，她才拿起笔写作。

看书倒是常看的，比如她熟悉普鲁斯特。然而，作为一个资深吃货，看任何文学作品，她只记下那些作品里好的吃食。想想便觉得有

《我的美的世界》
〔日〕森茉莉著，
谢同宇译

趣，当我们为故事的女主角的命运悲伤的时候，森茉莉正沉浸在小说中的某一道菜肴里不能自拔，甚至会停下看书，去菜市场照着那书中的描述，学着自己做一道菜。

森茉莉散文集《我的美的世界》开篇便写美食，她对食物的审美停在自然主义的层面。她喜欢鸡蛋外壳的美。喜欢切过芹菜的砧板上残留的浅绿色的印痕。喜欢衣服的颜色也是某种食物的颜色，比如可可色的毛衣。她自己写道："我喜欢一切味道和颜色都甜美柔和的东西，喜欢那种'雅致的甜'。"

森茉莉写鸡蛋壳的美，是这样用情："雪白的蛋壳有细微的凹凸，让我联想到新积雪的表面、压平的白砂糖，它与英国瓦特曼等上好的西洋纸、与法国手工书的书页也是相似的。"

她固执地认为，如果一部电影或者一部文学名著，全篇没有一个让她记得住的菜肴或者是点心，那么，这根本算不上一部好作品。

这样淘气，真真有些清少纳言的味道。她甚至也写了不少《枕草子》味道的文章，比如这些文章的标题：《我喜欢的东西》《我能理解的事情》，等等。这些标题充满了自我标榜的气息，但又停在艺术审美层面，所以，森茉莉一出道，便惹来很多争议。喜欢她的人便很是喜欢她，不喜欢她的人呢，直接在报纸上写文章批判她。

《我喜欢的东西》这篇文字，森茉莉便惹了众怒。她这样呈现她自己的爱好："淡茶、红茶、上等煎茶、瑞士或英国的巧克力片、战前的威化饼干、现做的上等抹茶细砂糖点心，都是我喜欢的。至于粗茶、咸味脆饼干、花林糖，我不是很喜欢。不知为什么，我讨厌平民化的东西，那些非常有钱、开口就是'平民、平民'的人也让我讨厌。"

她不喜欢平民化的食品，这让她的矫情暴露在平民们面前。而她也不喜欢那些暴发户，刚刚脱离平民就和平民划清界限的人，则又让她得罪了那些新富阶层。尽管她如此忠实于自己的感觉，但是她的任性的确伤害了一部分脆弱的人的内心。

她对食物的执着还体现在她十分确信自己喜欢的就是最好的。比如她这样描述她喜欢的饼干："饼干一定要又硬又脆，并且要适当薄一点；嚼饼干的时候，饼干要有口感，云母状的细粉末要散落在胸前或膝上；饼干要有优质面粉的味道，还要带着一丝牛奶和黄油的香气；刻在饼干上的拉丁字母和小孔要排列得整齐规范，不能有一丝紊乱；小孔还要扎得深，并且美观、清晰。少了哪个条件都说不过去，饼干便不配被称作饼干。"

有人称她为日本文坛上"写作着的洛丽塔"，如果忽略掉她的年龄，那么，森茉莉的内心或者永远住着一个十几岁的少女。

森茉莉喜欢花，喜欢给她的写作带来灵感的花，而不是街头常见的水仙和玫瑰。比如她看到一朵山茶花的时候，内心充满了欢乐。面对花，她这样说：我想活在惊奇里。

森茉莉还喜欢麻布做的衣服："麻衬衫自不必说，麻内衣、麻西服、麻手帕、麻和服，用麻做的东西都让我喜欢。"她喜欢麻料衣服穿在身上时的微凉。除了麻布衣服，她还喜欢核桃、葡萄酒、香烟、咖啡等。

森茉莉自恋，看任何文学作品，只要看到好看的女主人公，就会将自己代入小说里。在《我想养猛兽》一文中，她这样写："法国女小说家吉普夫人刻画了全世界最可爱的少女露露，而我与露露心有灵犀。"有趣。

森茉莉努力地活在审美之中，除了美食和衣物，除了阅读和咖啡，她还对花花草草，以及世界上各种与美相关的事物感兴趣。哪怕是男人，在她的小说里，也必须和美的一切建立关系。

比她小几岁的三岛由纪夫对她的评价是这样的："她比淫荡的女人还了解男人，实在不可思议！"

森茉莉喜欢这样的评论，因为在她的词典里，淫荡也是美的。她对于一切美的事物，都是来者不拒的。

深入自然，悟透生死

美国人吉恩·洛格斯登是个半路出家的农夫，40余岁时离开城市回到乡村生活。因为在费城《农业期刊》做编辑多年，他关注乡村的变化，一直期望有一天能享受自给自足的亲近大自然的生活方式。但是，他从来没有想到，在乡村生活，竟然能让他摆脱生死的困扰。

是的，吉恩·洛格斯登晚年患了肺癌。他以为自己将不久于人世，然而，长时间的乡村生活，让他对生命的循环有了比城市人更为宽阔的思考。他在配合医生治疗的同时，也采用了花园疗法。吉恩所谓的花园疗法，就是把自己扔在花园里，和草一起呼吸，听虫子们争吵，看鸟儿们在一年四季里如何搬迁。在花园里，他重新思考个体的生命与大自然的关系，重新梳理自己的一生，重新认识死亡和永生。他开

《农夫哲学：关于大自然与生死的沉思》
〔美〕吉恩·洛格斯登著，刘映希译

始接受死亡，并将死亡当作一件在大自然生物链条中必然的一个环节。然而，让他意外的是，随着时间的流逝，他的身体竟然奇迹般地康复了。癌细胞停止扩散，并渐渐治愈。

在《农夫哲学：关于大自然与生死的沉思》这部书里，吉恩这样介绍他的花园疗法："我有个观念，园丁和农夫要比其他人更容易接受死亡。每天我们都在帮助动植物诞生，又在帮助它们结束生命。我们对食物链上的事儿习以为常。在这场由所有生物组成的盛宴里，每一位'食客'的座次我们都了然于心；我们知道它们吃谁，也知道谁吃它们。我们懂得，大自然的一切都处于不断变化之中。"吉恩觉得，参与大自然中其他生命的轮回，是对自己生命的一种补充，甚至是延伸。所以，他坐在花园，即使自己的身体有了疾病，但他依然做些力所能及的事情。这些参与让他的活着变得更加丰富，也让他更能接受死亡。

在患病期间，他在花园里拔草，干一会儿便歇息一会儿。这样的劳作，让他的身体和四周的自然生态形成了一种亲密的关系。他也盘算自己死了以后的去处。内心对死亡的恐惧一点点消失，仿佛自己成为自己的旁观者。没有生病之前，他对花园里的很多杂草和树种都是视而不见的，生病之后，他重新打量这些顽强的生命，重新发现了它们的力量，他们对挫折环境的耐受力。吉恩仿佛找到了自己生命的导师，这些生命力顽强的植物们，成为他的信仰的一部分。他这样描述他的感悟："我恍然大悟。自然界里，没有什么会真正死去。各种形式的生命体都在自我更新。相比'死亡'，'更新'才是最适合用于描述生命进程的词。

如果我死于癌症，正确的反应应该是把我的血肉和骨头埋入地下作肥料，庆祝大自然获得了更新。"

这就是吉恩从花园学到的东西，他把自己的身体当作大自然中的一环，也要参与大自然的活动，也要更新。那么，疾病也好，死亡也好，不过是大自然的更新。这样想，简直是一个开放的哲学话题，生命在这样的体系里成为一个打开的话题，而不再是小我的狭隘，自私的物质载体。

吉恩是一个无神论者，他没有宗教信仰，这在美国显得很独特。当田野的生活治好了他的癌症，他开始更加专注地思考生死的问题。他甚至开始思考神学和科学所提出来的人死后获得永生的试问。在《啊，令人梦寐以求的长生秘诀》一章中，他这样说出了他的思考："我们的身体由无机物质和有机物质构成，它们不会飞上天进天堂，而会回归大地老母亲的怀抱，变成腐殖质静静地沉睡。在老母亲的怀抱里，它们会以这样或那样的形式永远地生活下去。假如普及这种教育，假如人人都相信死亡背后是永生，他们会不会因此变得更快乐？"

吉恩自己患了癌症不死，让他想到自然界的两个顽强的生命群体，一种是繁缕，一种是猪草。这两种野生的植物，无论是人工拔除还是除草剂，都不可能将它们除净。只要一有时间，它们便会大规模生长。然而，猪草因为和麦子一样，有着丰富的营养，也有着不错的收成。当人类开始研究猪草，大规模种植这种野生植物的时候，科学家们发现，这些野生的植物一旦按照着农作物大规模单一种植，马上便会生病。而原来呢，这种野生植物被当作杂草，打除草剂也打不死的。这样的结局，几乎是对人类的一种警醒。任何植物，任何生命，都有其自然生长的规律，不能强迫并违背这些植物的生长属性。吉恩甚至由植物推演到人类，他这样说："庞大的人口密集地生活在大城市里，靠着这些种出来的粮食维持生存，这也有悖自然法则。"

吉恩呼吁人类都应该有自己的花园，要有花草可以看，有风和月光可以触摸，每一年的每一月，每一月的每一天，对于他来说，都有着与众不同的味道。因为他活在自然万物的变化中。所以，在一年又一年的劳作中，他自己发现了"完美日"。每一年的六月四日这一天，便是吉恩的完美日，这一天，温度和湿度完美；太阳是在雨后出来的，完美；虫子们还没有成群，完美；草坪都已经修剪完毕了，完美……最最重要的细节是在这一天的傍晚，完美的标准是这样的："夜幕降临，万籁俱静，风也躲好了，只剩树林里的树筛着斜阳。接着完美日的点睛之笔来了：清透的林鸫之歌穿过低枝，在林间回响，清澈纯净。"

把自己的日常生活和大自然融合在一起，是吉恩在《农夫哲学：关于大自然与生死的沉思》中主要表达的内容。他经历过生与死的考验，更加依赖自己的自然生活经验。他甚至对所有读者发出邀请："买一块种有树木的土地，庇护自己，也让野生动植物安身，木材还能给自家屋子供暖。如果身体或经济条件不允许，那就买块啥都没种的秃地，不用多，几英亩就行，栽上一片小树林，不为收获，只为娱乐。"

是啊，在有花园的院子里生存，生活的内容本来就会比城市狭窄的生存空间大一些，人对事物的判断也会更深远一些。显然，人只有生活在有空间的地方，才能更好地思考生与死。

差评村上春树

书读了一多半时，放下了。觉得啰唆，平庸，甚至缺少个性。在我的理解中，小说家是读者的敌人，总要将普通读者都赢了，才能执业。不然的话，一入笔，你输给了读者，那岂不是要闹笑话。而村上春树在这部书中所表达的观点以及见识，都是普通读者的水平。看的时候，常常会在他的一些话后面加个问号，这样的见识能写出好小说吗？

然而，村上春树的修养还是极好的。在写作的过程中，预设了各种读者的喜好，很怕哪一句话不妥当，伤害了哪个人。也的确，他的书在全世界范围内销量颇大，这样注意影响仿佛也有内在的逻辑。然而，表达一种写作的观点，也是如此扭捏不定，则显得局促和狭隘。

村上春树开篇便说到自己的出身，他并非

《我的职业是小说家》
〔日〕村上春树著，施小炜译

写作专业的研修生，这其实不必多讲。这个世界上的大作家有几个是科班出身的呢。但是他以那些专业翻译者攻击作家翻译举例表明他在开始写作时所承受的心理压力，这其实是对自己开始写作时不被重视的计较。不论是他举的例子中职业翻译对作家兼职来翻译的嘲讽，还是他写作《地下》这部非虚构文学作品时，被专门创作非虚构文学作品的作家的批评，都有着一些说不清道不明的自卑在里面。一部作品出版以后，被人赞美或者被人批评，本来就是常见的现象，而作为知名畅销书作家的村上春树，更是深尝这种滋味。为何还要执着于最开始起步时的这些小气馁呢。这暴露出来的是作家的格局。或许那部《地下》真如那些批评者所批评的那样，有着这样或那样的问题，不过，村上春树这个名字成为大热门之后，又遭到粉丝们的追捧，这本书也卖得不错。便给了村上春树一种误解：看看，你们批评得未必正确，读者还是买我的书。

当然，这只是我的假设，村上春树在书中并没有如此直白。但他用《小说家是宽容的人种吗》当作章节标题，来表达他是一个宽容的人。然而，他的宽容特指写作并不是一个你死我活的生产厂家的销售比赛。是的，他说写作是共赢的行为，即使是有一两年因为新出头的作家会超过一些老作家的销量，但不会因此让另一个作家没有饭吃。真遗憾，村上春树的宽容没有指向审美层面。我个人觉得，一个写作者的宽容一定是对人性的宽容，要容纳更多的人在自己的身体里，之后，有所区别地储存人性的美好，过滤人性的污浊，这样渐渐成为一个宽容的人。而村上春树的宽容仿佛停在作家生存领域，这似乎进入一个以销量，或者好评率，以及生存法则为基准的作家富豪排行榜的领域。而作家关于社会责任的承担，人性的挖掘，以及被读者误解后的自我解释，这些内容几乎没有涉及。村上春树作为一个流行小说写手出道，他的意外的成功，让他成为一个有资格撒娇或者谦虚的幸运儿——是啊，我就是那个一不小心写了一部小说就获得新人奖的作家。其实我之前从来没有想过要写作的。得了，这种以退为进的谦虚如今被演员们滥用，成为一个恶俗的范例，村上春树在第一章的自述中，给我留下了一个浅薄的印象。

我们来看一下，村上春树是如何萌生要当小说家的想法的，他在书中第二节这样写道："一九七八年四月一个晴朗的午后，我到神宫球场去看棒球赛。是那一年中央棒球联盟的揭幕战，由养乐多燕子队对阵广岛鲤鱼队。下午一点开赛的日场。我当时是养乐多燕子队的球迷，又住在距离神宫球场很近的地方（就在千驮谷的鸠林八幡神社旁边），常常在散步时顺便溜达过去看场球赛。……广岛鲤鱼队打头阵的投手好像是高桥里。养乐多队的头阵则是安田。第一局下半局，高桥里投出第一球，希尔顿漂亮地将球击到左外场，形成二垒打。球棒击中小球时爽快清脆的声音响彻神宫球场。啪啦啪啦，四周响起了稀稀拉拉的掌声。这时，一个念头毫无征兆，也毫无根据地陡然冒出来：'对了，没准我也能写小说。'"

的确是这样，有些小说家在写作小说之前并没有准备。但这

种毫无准备的叙述一般是为了突出某种天赋。显然，村上春树在《我的职业是小说家》中想要突出的是偶然性。

他第一部作品《且听风吟》写出来以后实际情形是这样的："然而写好后一读，连自己也觉得不怎么样。""我颇感失望。该怎么说呢，大抵有了小说的模样，可是读来无趣，读完以后也没有打动人心的东西。连写的人读了都有如此感受，只怕读者更如此想了。心中不禁有些沮丧：我这个人还是没有写小说的才能啊。"

其实，现实生活中，自我怀疑是伴随每一个作家的事情。常常觉得写作是没有意义的。这种无意义感，既和文字本身的好坏、技巧的优劣有关，也和写作者本人与现实生活的关系相关。

村上春树的这种自我怀疑，显然只是从故事本身来说的。无疑，讲故事是需要天赋的。他没有发现自己的天赋。还好，他又做了新的努力，就是用英语来写作他想要讲的故事，然后呢，再将英语翻译过来，这样转述的过程，词语有了距离感，故事也有了陌生感。这是他最初成为小说家的心得。

其实这是一种较为笨拙的模仿，只不过是一种语言上的切换。正如一些生活在闽南或者海南的人写的小说，平时说的话全是方言，然而，在写作的时候，用方言对话找不到合适的汉字来对应，只好用普通话来代替，这样便有了语言的翻译感和陌生感。

村上春树最初作品获得的成功，或许正是因为他语言上的陌生感。只是，这种单细胞式的写作技巧对于其他小说家来说并无用处。因为语言对于小说只是一项基础的材料，一个优秀的小说家，给别人提供的应该是一种认知世界的方式，认知世界的方式不同，那么角度便会不同。角度不同，切入故事的方式也不同。小说家给读者提供的一定是一种价值观，是打探世界的方式。

而所有这些，村上春树都没有谈到，他在自述里谈到的多是写作的小道。他还谈到了自己没有得到文学奖以后反而更加幸运。甚至他谈的原创性，也找不到任何自己关于小说的独特见解，他不停地借助于音乐来表达通感。然而，小说的原创性是什么，他仿佛没有能力解释。《且听风吟》得到《群像》杂志新人奖的时候，他的一位高中同学找到他，对他说："那种玩意儿都行的话，我也能写出来。"同学的话当然是一种玩笑，但是这极大地刺激了村上春树的写作欲望，尽管他在这本书里十分坦诚地写道："说不定真像那个家伙说的，那种水平的玩意儿，只怕谁都能写出来。"他的计较表现在下面的一句里："不过，后来也没有听说那位老同学写出自己的小说。"

村上春树介意这些，才会装作释怀地来写出这种尴尬。一个平庸的人才会在意别人是如何否定自己的。而骄傲的人怎么可能会听从普通读者的意见：你不喜欢我是吗？慢走，不送！

村上春树是一个勤奋的作家，这毫无疑问。但他在《我的职业是小说家》这部自传里，关于如何写作，表现的却是一个懒惰的人。我不知道和他面对面聊天是一种什么样的感受，我相信他是一个谦虚且周全的人，一个完全不偏执的人。他坚持跑步，听音乐，有自己的喜好，常识也不错，只是见识平庸。他对于小说的认知停在很工匠的阶段，也就是说，作为一个超级有影响力的作家，他的图书的销量和他本人对小说的见解是不匹配的。他靠的是坚持阅读和持久写作，而不是超高的天赋和超出时代经验的认知。我总觉得，一个作家，一个集技术和艺术于一身的职业小说家，在小说的创新上不能突破是可以原谅的，但是在小说见解中说不出任何独特的东西，是不能原谅的。所以，读这本自传，我有一种深深的抵触感。我很失望，我试图劝说自己认真读下去，将好的段落做出标记。然而，大多是公众话语和公众认知。或许，他只是一个被高估了的作家。

这部作品，呈现出一个日本作家的修养，做人的修养，却暴露了一个作家的平庸和钝感。差不多，就是如此。

藏在食物中的人类文明进化史

　　日常生活中，我们每一个人都会与饭馆里的菜单相遇。可是，在没有看过《食物语言学》这本书之前，我猜测，你不懂得如何看菜单。或者说，在没有读过《食物语言学》之前，你不知道，一份菜单竟然传递着人类文明史的部分隐秘。

　　随着城市化进程加速，中国也有越来越多的风味餐厅，甚至是米其林餐厅，而这些餐厅的菜单，越来越跨越国界，具有普世的标准。那么，菜单中形容词的选择与菜品价格的关系，便值得吃货们仔细注意了。

　　在《食物语言学》这本书中，作者任韶堂为斯坦福大学语言学教授，经过长时间的实证总结，他发现，如果一个餐厅的菜单里，会注

《食物语言学》
〔美〕任韶堂著，
王琳淳译

明菜品的产地或是来源，那么这个餐厅的价格通常比普通餐厅的价格要高出许多。而菜单中菜品名称的用词如果选用了多音节词，那么随着用词字节的变化，价格也发生着微妙的变化，任韶堂这样写道："我们发现当餐厅用更长的单词去描述一道菜的时候，往往收费也更高。菜品描述中单词的平均长度每增加一个字母，这道菜的价格就会上升18美分！"

当然，这本有趣的语言学著作，并不只是为了让阅读者节约点开支，而是用这样一种方式打开我们对食物的单一思维方式。作者用开阔的视野，生动多姿的文笔将我们拉入一本人类学和社会学著作中，这是一本讲述食物变迁史的书，也是一本通过食物在世界范围内的迁移交杂来传递人类文明的书。

我喜欢这本书的作者对中国的推崇，因为在世界范围，只有中国人将饮食当作天大的事情来对待，所谓"民以食为天"。

在写到旧金山的海鲜时，作者这样描述中国人对美国饮食的贡献："如今，旧金山已然成为一片海鲜胜地。这里开的第一批餐厅主要是华人餐厅，他们的鱼主要来自林孔山南海滩华人渔村里的红木捕鱼舢板上。"

这里说的便是第一批航海到美国的中国移民，这些大多是福建、广东沿海地区的中国人，他们用自己数百年来在国内烹饪的方式，将饮食文化带到了当地。又因为就地取材的原因，他们在烹饪的过程中，不断地探索和试用当地的食材和调味料，一点点改进了食物的味道，同时也扩大了饮食的制作方式。

美国旧金山最闻名的食物之一是秘鲁的酸橘汁腌鱼，这是一种用青柠檬和洋葱腌制的酸爽鱼肉。从 19 世纪 50 年代被秘鲁移民带到旧金山以后，一直到今天仍然很受欢迎。作者通过考查发现，这种秘鲁秘制的酸汁鱼竟然和英国的炸鱼薯条以及日本的天妇罗接近，都和 1500 年前的波斯帝国的一位君王的饮食爱好有关，这个叫库思老一世的君王十分喜欢吃醋炖牛肉，为了吃最好吃的醋炖牛肉，库思老一世甚至还找全国各地知名的厨师为他做同一道菜，以满足他对这道菜品的不同理解。

再后来，随着波斯帝国的灭亡，取代他们的伊斯兰世界也受了波斯饮食的影响。公元 750 年，占领波斯帝国的阿拔斯王朝的首领哈伦·拉希德也非常喜欢醋炖牛肉。这个在《一千零一夜》中喜欢乔装打扮到民间暗访的国王，终于在饮食上有了和民众一样的爱好。

很快，这种醋香炖肉的做法从美索不达米亚平原传到了运河的船上，水手们喜欢做这道菜，因为这道菜中的酸味可以让食物存得更久一些。在《印度奇观集》这部书中，记载了一个发生在公元 912 年的故事，一个叫耶胡达的犹太商人带着一个黑色陶瓷花瓶，然而，花瓶里竟然装了一份中国人做的"醋香炖鱼"。这个故事说明，第一批到旧金山的中国人所做的那种鱼，其实是在唐朝末年的时候由印度或者是其他伊斯兰国家传入中国的。而后，经过了漫长的宋元明清，最后在清朝末年的时候，因为移民的原因而到达了美国。

除了考证一个个菜谱在文学故事和不同地域之间的传递交杂之外，《食物语言学》还介绍了番茄酱这一在全世界都受欢迎的佐味酱的来源，竟然是中国的鱼露。

　　当下世界，美国的快餐连锁在全世界影响最大，然而，这些快餐的起源并不是美国的，比如汉堡、法兰克福香肠等直接来源于德国，而番茄酱则来源于中国。番茄酱的英文"Ketchup"本是福建闽南方言，和茶的英文发音"Tea"一样，都是中国福建人的方言发音。

　　任韶堂这样写鱼露的做法："为了度过旱季，他们创造了非常复杂的保存淡水鱼的方法，把当地的鱼和熟米饭与盐一层层铺在罐子里，上面盖上竹叶，留待发酵。鱼肉中的酶将米饭中的淀粉转换成乳酸，最后变成了咸鱼，直接刮掉上面那层滑腻的米糟就可以吃了。"

　　最早记录鱼露酱的中国古籍是《齐民要术》，这部书后来由李约瑟带队翻译成英文。任韶堂引用了《齐民要术》中记录鱼露的段落，如下："汉吴王追赶蛮夷，来到一片海岸，闻到了强烈而令人垂涎的香味，但却不知从何而来。他派了一位使者去调查，一位渔民说，味道来自一个地沟中，里面叠着一层层的鱼内脏。上面盖着的泥土都无法阻挡香味四溢。帝王尝了一口，十分满意。"

　　随着战争以及人类的通婚，那些菜谱以及制作酱味的方法很快从中国沿海传到了内陆。与此同时，又随着海运的发展而传到了日本和东南亚其他国家。

公元 700 年前后，日本出现了福建制作鱼露的方法，后来他们用这样的方法制作了寿司。

到了公元 1200 年，中国南宋时期，占世界 GDP 第一的中国更是世界饮食的贡献者，在南方，因为得天独厚的航运条件，福建泉州成为世界金融中心之一。泉州是海上丝绸之路的起点，当年，著名的旅行者马可·波罗来到中国，途经泉州时，对泉州码头上停泊的大船和船只的数量感叹不已。

而正是这些船只，满载着中国人的丝织品、瓷器以及一船一船的中国人的食物和菜谱，走向了世界。

可以这样说，福建人用他们对食物的珍惜，创造了人类有史以来最大的一味酱料：番茄酱。"Ketchup"这个词语的具体意思的指向原本是鱼露酱，但在"鱼露"迁移的过程中渐渐出现了变化。在《食物语言学》这部著作中，任韶堂是这样分析的："福建移民腌制的鱼酱、酱油和红酒糟到了印度尼西亚、马来西亚以及菲律宾。在印度尼西亚，他们开设了中国酱汁制作厂，一种小型家族企业，专门发酵制作酱油和鱼露。很快，kecap 这个词语被印尼人使用。一开始这个词源于闽南语，原意为'鱼露'，但在之后的 400 年中，随着其他酱汁变得更加受欢迎，kecap 涵盖的意思也更加广泛。语言学家称这种扩展为'语义漂白'，因为它原本意义的一部分（咸鱼那部分意思）被漂白掉了。"

食物名称在不同地域和不同人群中进行传递的时候，总会因为当地的条件而增加和减少，从而有了新的变化，这样的变化既有人文历史的内容，又饱含着生活野史的内容。

在《食物语言学》一书中，作者不停搭配介绍一些生动的文学故事和野史。福建移民在国外原材料受限制的条件下，制作不了红糟酒，从而开始制作一种叫亚力酒的蒸馏酒。英国商人斯科特在向他的同胞描述中国人制作的亚力酒时这样说："一种热酒精饮料，在国外各地作为葡萄酒的代替品。"这是1604年的事情，斯科特从一家中国酒馆那里买到了亚力酒，他发现，这种高温蒸馏出来的酒在热带高温的气候下，可以长时间不变质，不变味道，容易长期保存。然而，斯科特并没有高兴太久，因为，中国酒馆制作亚力酒的过程中，常常发出叮叮当当的声音，中国酒馆的那些工人们在这种声音的掩护下，在地下挖了一个地道到了他们家的仓库里，将他仓库里藏着的财宝偷了个干净。

这的确是一段并不光彩的野史，但是，英国人对亚力酒的喜欢渐渐扩散。亚力酒给英国商人带来了巨额利润，作为销售商的英国所赚取的利润比生产制作的中国人还要多，英国东印度公司一度差不多垄断了亚力酒的销售，使英国在经济上成为世界头号强国。一种食物几乎改变了英国的命运。

值得一提的是女作家简·奥斯丁，她的家人非常喜欢鱼露，不过，他们所喜欢的鱼露，已经是经过英国人改良的口味。1742

年在英国流行的一本食谱中，有一种鱼露制作的食谱，竟然宣称可以保存 20 年，但已经完全英国风格化了，因为它里面加了蘑菇和大葱。

福建人发明的酱汁，一直到了 19 世纪之后，才与番茄发生了关联。而后番茄酱一发而不可收，成为全世界范围内最受欢迎的酱汁之一。任韶堂梳理完番茄酱的历史之后，这样感慨："从 ketchup 的历史中，我们可以洞悉全球的经济史。"

是的，食物名称、制作方式以及食用它们的人的变化，差不多也呈现了全球经济的变化。

《食物语言学》是一部极尽可读性与知识性的作品，作者的博学让人不忍快速读完，几乎每一段文字都铺满人类的文明史。这是一册跨学科的图书，大量的文学、历史以及社会学的典故，让这本书变得厚重且活泼。在打开味蕾的同时，也扩充了视野，甚至让我们更加热爱生活、热爱食物以及背后的人文秘史。这不仅仅是一部语言学著作，更是一部人类学著作。

孤独，饥渴以及幻觉

加西亚·马尔克斯的处女作，通常被认为是《枯枝败叶》，然而，根据时间推算，这部非虚构的《一个海难幸存者的故事》才应该是他的第一部文学作品。

虽然这部口述实录1970年才第一次结集出版，但最初发表日期为1955年3月。当时，刚刚进入《观察家报》做记者不久的马尔克斯，受命于主编，采访这个已经被媒体热炒过的英雄。为了吸引读者，这部作品在报纸上连载的时候，署名是这位海难幸存者的名字：贝拉斯科。这位英雄在海上漂了十天，没有食物，没有水，甚至没有了活着的希望，但是，他最终战胜了大海，活了下来。尽管他的事迹已经被媒体报道过多次，但是，个人面对死亡、饥渴的威胁，究竟是如何一分一秒地度过，会一直

《一个海难幸存者的故事》〔哥伦比亚〕加西亚·马尔克斯著，陶玉平译

吸引很多读者。

所以，这位英雄在所得的广告费花完后不久，找到了马尔克斯所在的报社，要价很高。一开始，报社的社长犹豫了，让这位贪婪的英雄走了。可是，还没有等英雄走出报社的大门，社长又变卦了，派马尔克斯追上了他。

马尔克斯详细地做了口述记录。这份报纸因为马尔克斯的这篇口述实录而销量大增。

这部作品将在社会上广为流传的一个新闻人物进行细节化呈现，一个人该如何面对恐惧、荒芜和孤独。

让马尔克斯吃惊的是，幸存者贝拉斯科有超强的叙事能力。他能准确地说出那些细节：上船前的告别，天气情况，船上超载的物资，以及船沉水前最后几分钟。

船只要根据风向来安排船上的人的座椅情况。1955 年 2 月 27 日这一天夜里，海上起了大风，风将船身吹得歪斜，船长通过播音喇叭要求大家往左舷移动，以保持船身的平衡。

然而，几分钟之后，船便被大风吹翻。贝拉斯科感觉只几秒钟的时间，当他从海水里一点点向上游，钻出水面的时候，船已经离他一百米开外了。

水兵贝拉斯科的故事从这一刻才真正开始，他的身边漂浮着船上的货物，装着冰箱或者衣服的箱子。贝拉斯科看着蓝蓝的天，天气很好，他根本想不出是什么原因让他们的船只出了事故。

幸运的是，贝拉斯科很快便发现了一只救生筏，他爬了上去。这是他之所以没有像其他落水的四个伙伴一样葬身大海的原因。然而，眼睁睁地看着与自己相处多年的战友在海水里失踪，他得到了一次来不及思考的死亡教育。

　　最后他清点自己随身带的物品，发现没有任何可以生存的物件。他的膝盖受了伤，随身只带了一只手表和三张纸质的名片。还有一枚金戒指，一根项链。衣服和鞋子也是有的，但是可以吃的东西，没有。

　　那么，如果把贝拉斯科面临的生存困境当作一个故事来看，开始的部分，便已经是高潮了。因为，船进入大海不久，他便落了水。即使是他上了一只救生筏，然而如果没有救援，没有水和食物，在凶险的大海上漂着，他是活不过三四天的。

　　最初的几个小时，贝拉斯科几乎每一秒钟看一下他的手表，他在心里计算着，船长如果打电话求援，那么，也许一个小时便会有直升机来找他们。

　　筏子上有三支船桨，他时刻准备着挥舞它们，以便让救援的飞机看到。然而三个小时以后，他便有些绝望了。他知道，救援的人来不了了。他开始适应黑夜，在大海上，他知道海水里有许多他并不了解的生物，他从未觉得时间如此漫长，黑夜如此的黑，而孤独又如此的真切。

　　在孤独中，贝拉斯科仰着头找到了夜空中的小熊星座以转移注意力，看着小熊星座，仿佛能和一只小熊交谈，这让他的孤独感减轻不少。同时，他又不停地看手表，那是一只夜光手表，他强迫症一样地看着那表盘，真希望时间可以回拨，他可以修正自己的人生。

第二天的时候，贝拉斯科在海平面上发现了一个小黑点，凭直觉他觉得可能是来救援他的飞机或者船只。然而，纵使他使出了浑身的力气挥着他手上的衬衫，飞机仍然没有朝他飞来。

没有人来救自己，只能靠自己了。贝拉斯科反而不那么焦虑了。马尔克斯这样写水兵看到的大海的样子："黄昏时分，清澈的大海就是一幅美丽的画卷。五颜六色的鱼都游到了筏子跟前。硕大无比的黄鱼和绿鱼，还有红蓝条相间的鱼，圆滚滚的，或小巧玲珑的，都来陪伴我这条筏子，直到夜色降临。"

而在这样美好的景致里，贝拉斯科看到了鲨鱼。他还发现，鲨鱼是一种非常准时的海洋生物，他在筏子上统计了那鲨鱼出现的时间，差不多，每天下午五点钟的时候，那些鲨鱼便会准时在筏子附近转悠，然后一直到天黑了，才会沉入深海。这给了贝拉斯科时间的参照。

然而鲨鱼并不只是在筏子周围散步，它还会觅食。鲨鱼会将小鱼在一瞬间撕成碎块，然后，其他鱼类也会趁机争夺鲨鱼撕碎的鱼当作食物。这几乎是一种寄生的关系。当时处于寒冷饥饿的贝拉斯科看着鲨鱼咬碎的鱼块想："这种时候，如果能吃上鲨鱼的残羹，哪怕只是最小的那一块，即便要出卖自己的灵魂我都愿意。"

第三天以后，他面临的是如何记算时间。是的，第一天是出事的那天，第二天，有飞机飞来，第三天什么事情也没有发生。所以，时间在他这里渐渐模糊，如何找到时间的起点，一段一段地截开，让他意识到自己的存活时间，这几乎是一个哲学问题。

除了时间还有方向感，在茫茫的大海上，没有任何参照物，没有阳光的白天，或者在黑夜，贝拉斯科不知道自己的筏子是往岸边行走，还是越来越走向大海深处。

他开始在自己的筏子上刻日期，首先他要将天数记下来，以便第三天以后，他仍然能知道自己的存活时间。

三天没有喝水的症状是这样的："几乎无法呼吸，嗓子、胸口、锁骨下方都生疼生疼的。"因此，第四天的时候，他喝了点海水。他上过在海上求生的课，知道，海水在吞咽的时候，必须一点一点地咽下。

第五天的时候，让他感激的是不论是太阳照射在他的伤口上，还是他将伤口浸在海水里，那疼痛感都会提醒他还活着。是的，这哲学一样的现实也提醒了我们这些读者，日常生活中的那些伤痛正是我们活着的证据。

有一个有趣的知识让我阅读时记忆深刻，一个人陷入生存的危境，不吃不喝竟然可以支撑到第五天，而且，四天里，他竟然没有大便。一直到第五天，他才有了第一次排泄。也是在第五天，他看到了七只海鸥。海鸥对于贝拉斯科来说，是一个生还的信号。因为海鸥一般离岸比较近。这说明他的筏子离陆地不会太远了。只是可惜的是，他已经完全没有力气了，只能任由那筏子根据风向游走。

第五天的下午，五点钟，有鲨鱼给他报时。贝拉斯科用"被饥饿磨炼出来的狡黠"抓到了一只海鸥。这是五天来，他第一次有了食物。然而，他并没有能力吃下这只海鸥，马尔克斯这样描述贝拉斯科的感受："我把一条腿塞进嘴里，可实在是咽不下去。原因很简单，我觉得自己是在嚼一只青蛙。我实在没办法压制住那阵恶心，把东西吐了出来，然后长时间地一动不动，手上还握着那团令人作呕的羽毛和血淋淋的骨头。"

第六天的时候，他想到了自己的家人，他知道，家人一定以为他已经死了，并正在给他办葬礼。贝拉斯科也承认自己已经死了，因为他一点力气也没有，等待他的结局只有死。然而，他在绝望中又看到了海鸥，他觉得可能自己真的离陆地不远，他想到了自己兜里的三张名片，他将已经湿透的名片塞进嘴里，嚼嚼吃了。

这是他第二次进食。

第七天，经过痛苦的搏杀，他终于抓到了一条鱼，然而，他只吃了两块生鱼肉，这是他落水以后第三次进食。但很快，那条鱼便被鲨鱼抢走了。第九天，他的眼睛发了炎："我无法把目光集中到任何一个点上，因为那样一来空中便会满布一个亮闪闪、炫人眼目的圆圈。"而他的皮肤也已经都绽开了裂纹，仿佛随手都可以撕下一缕来。

贝拉斯科第一次想死，他的幻觉又一次到来，他沉浸在上船之前的聚会里。就在他已经放弃了生存希望的时候，他发现自己筏子的中间有一段红色的树根，在海上漂浮九天，他连一棵草都没有发现，这段树根救了他，他拿起来，嚼嚼便吃了。"从树根里挤出来的是一种黏糊糊的油脂一样的东西，味道甘甜，咽到嗓子眼里凉凉的。"这是贝拉斯科第四次进食。

第十天，贝拉斯科发烧了，疼痛又一次提醒了他，他还活着。只要感觉还在，他便还有调动自己身体的能力。终于，他看到了陆地，他不知道自己是否还游得动，但是，他决定弃筏游泳，终于爬上了岸。

他获救以后，所有村庄的人都来救他的人家看他，周围的村庄也是，他成为当地的明星，成为国家的英雄，成为人们口口相传的一个传奇人物。

马尔克斯对他的采访以及连载，使得这位英雄又一次受到关注。但是，报社却因为文章被政府关闭。报道英雄水兵贝拉斯科的记者马尔克斯也不得不在当年被迫离开哥伦比亚，到任《观察家报》驻欧洲记者。

马尔克斯从此流落在欧洲和美洲，成为哥伦比亚的陌生人。可以这样说，马尔克斯为报道一个落水的水兵，而使得自己成为一个落水的人。好在，他比水兵幸运，他可以用文字在他所生活的国家获得温饱。

1970 年，这部《一个海难幸存者的故事》第一次出版的时候，马尔克斯在西班牙给这本书写了一篇介绍这本书是如何产生的序言，在序言里，他表示自己并不是太愿意出版这册幼稚的作品。然而，这部马尔克斯做记者时匆忙写就的作品，也闪烁着大师的气质，即使是作者本人在发表的时候放弃了署名，仍然可以在阅读的时候看出，这位记者将来可以走向更为辽阔的创作空间。

马尔克斯的朋友，同样也获得了诺贝尔文学奖的略萨曾大赞这部作品，说这部作品集冒险文学的所有成功特点于一身。读完这部马尔克斯的大作，我认为，至少，他配得上略萨的赞美。

卡尔维诺的美国偏见

在美国待了半年以后，伊塔洛·卡尔维诺飞回了欧洲。第一站，他停在了巴黎，在机场时，卡尔维诺照着半年前的习惯找人兑换法郎，却发现，他能换到的法郎面值变了。卡尔维诺写道："我走了六个月，感觉却像过了五十年才回来。"

是的，他有一种时空的穿越感。尽管法国的钞票变了，然而，其他东西并未改变。果然，他在街角的一个小酒馆里找到了一个熟人，萨特。卡尔维诺很想将他这半年来在美国的见闻讲给萨特听，然而，却被更有倾诉欲的萨特打断。因为，萨特刚刚从古巴回来，他见到了卡斯特罗。

这是 20 世纪 60 年代的卡尔维诺，时年 36 岁的他正值创作的旺盛期。他带着数以千计的

〔意〕伊塔洛·卡尔维诺著，孙超群译

《一个乐观主义者在美国》

问题踏上了美国的领土。是的，倾向于左派的卡尔维诺从思想上与共产党领导的国家更亲近，而美国显然是资本主义的大本营。

那么，有着偏见的卡尔维诺在美国都见了什么人，思考了什么问题，这部《一个乐观主义者在美国》，几乎是录音笔式的记录。

1959 年 11 月，卡尔维诺乘轮船抵达美国。初到美国，他首先注意到的是美国的车流。车灯将夜晚照亮，这是一个工业超级发达的国度。

他住在纽约。接待他的朋友告诉他，纽约不是美国。意思是，纽约不能代表全部的美国。高度城市化的纽约大于美国其他地区。纽约给卡尔维诺的第一印象是，这里的女生都很忙碌，他这样写道："生活被密密麻麻的'排程'所控制，几个星期之前就要什么都安排好，比如二十天后的会议安排，和谁共进午餐，参加谁邀请的鸡尾酒会，你邀请谁共进晚餐，你要去喝杯苏格兰威士忌的晚宴；要是打算看一场百老汇的演出，估计要提前三个月甚至四五个月才能订到包厢。"

这就是纽约，如果想要和女生约会，必须提前一个礼拜来约。

卡尔维诺抵达纽约的时候，正是城市化快速发展的时间段。和他所生活的意大利一样。他这样写纽约的变化："我在这里待了两个月，几乎快要认不出周围的样子了：很多新房子冒出来，窗外的旧景色消失了。"

卡尔维诺不喜欢这样快速变化的城市，他笔下的纽约和中国当下的一些城市很是接近："但在纽约不一样，这里的房子寿命最多也就三十年，有些大概七八年后就被拆除了。城市风景不断变化，你会觉得自己几乎很难跟上它的节奏，只能惶惑地面对着那些拆拆停停的临时标志、围栏和脚手架。"

这段文字的描述，移植到中国当下的一些城市里，仿佛正好适用。

在纽约，卡尔维诺住在上西区，他的一个朋友家里。因为住的小区里每一家人都开着窗子生活，所以，卡尔维诺这样写道："这个街区上几乎家家户户的窗子都开着，无数房间内家庭生活剧正在上演。"

卡尔维诺的朋友也是这样向他介绍的："波多黎各人现在都住满了。夏天他们齐齐地开着窗子。我能看到他们在自己家里睡觉，做爱，喂养孩子，打架，醉酒，一切一切。几年前这里还是片比较好的住宅区。但现在我们已经计划要搬走了。"

卡尔维诺的朋友之所以想要搬走，是因为波多黎各人的廉价群居生活方式，使得居住环境更加复杂，不安全，不舒适。说到底是对一种贫民生活习气的抵抗。这和城市化进程中的中国又何其相似，当一个小区住进了太多的租房子的人，那么就意味着小区的治安环境有了隐患。这些人因为工作的不稳定，频繁地搬家，又造成了物业费用的拖欠，人多以后容易滋生争执，夜班工作人员晚归的嘈杂，等等，这都是降低居住舒适度的要素。

因为小区里住进来很多贫民，所以，卡尔维诺的朋友要搬走。这引起了卡尔维诺的注意，很快，卡尔维诺注意到了美国的矛盾。或者说是纽约的矛盾。这是一个有着严格阶层意识的城市。在人权上，黑人们正在为了争取自己的权利而斗争。

卡尔维诺为了深入地了解纽约，和朋友在晚上的时候看了脱衣舞会，还在周末的时候拜访了陌生的美国人家。很快地，他便发现了美国的人工成本很高。因为他发现，美国的知识分子装修房子，大都是自己干活。卡尔维诺夸张地写美国的工人，他的朋友因为要出去几小时，找了一个保姆。结果，卡尔维诺发现，那个保姆开的车子比他的朋友的车子还大还长。而更让他吃惊的是那个修理水龙头的工人，他这样写道："有天早上发生了一件大事，我的朋友千辛万苦通过工会找到一个工人来家里修理水龙头。那个工人是开着自己的劳斯莱斯车来修的。"

在 20 世纪 60 年代的美国，因为工会的支持，美国工人的权利意识非常明确，卡尔维诺讲了一个故事。就是有人到朋友家里吃晚餐，发现主人正在忙碌。朋友便问，你们家的女佣何时回来啊。结果主人说，她就在家里啊，只是今天是她的休息日。

卡尔维诺这样写道："女佣在她自己的房间里看一整天电视，除非家里着火，否则她是不会下来的。"他又补充说明一句："根据工会合同，女佣的房间应该有一台电视。否则她可以要求和雇主们一起看电视。"

美国工人虽然权利非常有保障，但是，黑人的权利却一直被压制。卡尔维诺在南方旅行的时候，发现了一个有趣的现象，在公交车上，虽然已经没有标志规定黑人和白人的分区了，可是，黑人上车以后，会自觉地坐在后面。如果一辆车的前半部分坐白种人，后半部分坐黑种人，那么，当后面车厢坐满的时候，再上来的黑人，宁愿站在那里，也不会坐在前排的白人旁边。

虽然公交车上没有标注黑人的座位，卡尔维诺很快便发现了，在公交车站的候车位置有标注，不止如此，就餐和如厕，也有黑人和白人位置的标注。

显然，标注一定不是平等的，因为平等意味着不需要标注。

然而黑人的权利正在变化，在蒙哥马利居住的时候，卡尔维诺专门约见了马丁·路德·金，这位黑人权利运动的领袖是一个教学的牧师，他正在用各种各样的方式来维护黑人的权利。比如，在他的努力下，亚拉巴马州的黑人有了投票权。

卡尔维诺和马丁·路德·金在教堂的圣器室见面，金博士因为和他的同僚正在商议如何声援被大学开除的九位黑人大学生们，所以，没有时间和卡尔维诺聊种族歧视的话题。

卡尔维诺后来和马丁·路德·金到了另外一个教堂的聚会，金博士上台演讲。卡尔维诺这样记录了他的感受："金博士一开始讲话，人群就爆发出一阵欢呼。他和其他的政治宗教领导人一样充满了热情。他的讲话是严肃理性的，并不准备像具有超能力的先知那样把听众引向阵发性的癫狂，这里是理智和情感在讲话。听众的回应则充满战斗性。每一段讲话都有总结，以及福音书的穿插。对《人权宣言》的回顾，满是对美利坚民族深处民主性的信任。"

读到这里，能感觉到，卡尔维诺正在被马丁·路德·金教育，他的温和的态度正感染着卡尔维诺，让他觉得美国以后如果变得更强大，正是因为有了这样的人。

马丁·路德·金领导的黑人运动所争取的正是黑人等有色人种的基本人权。黑人运动的第一次争取权利是在 1959 年卡尔维诺尚没有到达美国的时间，一个黑人女孩在公交车上坐到了白人的区域而被捕。于是黑人们团结一致，取得了胜利。公交车的座位不再禁止黑人坐前排。当然，权利的争取与权利的实现总是有过渡期，比如，卡尔维诺到达美国的时候，这种坐在前排的权利已经争取成功，然而现实中有很多黑人还是不敢坐在前排，又或者是惯性认知，觉得坐在前排不舒适。

黑人争取权利的运动，还有一项，比如争取公园对黑人开放，然而，当地的政府通过了一项法案，宣布公园对所有人都不开放。关了。真是简单粗暴。

在美国北方或者在纽约居住的时候，卡尔维诺对美国是充满了偏见的，比如在描述美国消费文化的时候，卡尔维诺这样写道："这个国家给人的印象是除了读书什么都做。但实际上美国人的阅读行为还是非常普遍的。给人的印象是除了好书什么都读，事实上他们也读好书，大部分时候是不小心而错误地选中了好书。"

然而，他很快便又认识很多读书的人，其中一个家庭主妇还组织一群人阅读乔伊斯最难懂的作品《芬尼根的守灵夜》。

半年的美国生活，卡尔维诺采访了脱衣舞娘，酒吧里的陪酒小姐，情色杂志的主编以及更多的普通人。

他在大街上被警察查过证件，在酒吧里被当成骗子。甚至还在芝加哥的一家书店的后面发现过妓女正在做交易。

然而，当他渐渐融入美国的日常生活中，他发现了"圣托马斯阿奎诺的阅读室"，这个屋子里坐满了醉汉和流浪者。原来这便是美国的一些公益组织开设的供穷人取暖的地方，以免得他们在户外被冻死。

再后来，卡尔维诺又接触了黑人运动的领袖和一些左派人士，他开始收回对美国的偏见。一向倾向于左翼的卡尔维诺在对比了美国和苏联之后，他得出的结论竟然是："美国人分明的真诚，苏联人无私的热情，都是难得一见的。"意思是，他觉得这两种都好。

时间一点点流逝。我相信在接下来的岁月里，卡尔维诺渐渐地修正自己的观点。所谓无私的热情，在社会发展过程中是靠不住的。因为无私，基本上意味着个体的消失，人成为随时被集体挤压吞食的一个标点。那么，这样的国度的可持续性是值得怀疑的。

《一个乐观主义者在美国》是一个作家的行走笔记。卡尔维诺像一个导游一样，喋喋不休地向我们介绍着美国的咖啡价格，保姆的车子长度，以及脱衣舞会的热烈。翻看这本书，我们随时都可能会进入到 20 世纪 60 年代初的美国。卡尔维诺用文字构建了美国的一段历史。他笔下的那些画面是有表情有声音的照片。这不仅仅是一册美国日记，还是一册美国风情史。

附　录

外国作家好在哪里？

——答南方周末朱又可问

中国的畅销书榜、各个媒体或网站每月或年度推出的好书榜上，占据前几位的、占比例较大的总是外国作家的书。也有些读者和作家或评论家也是言必称外国作家。

1.为什么我们的书榜多年来都是这个样子，以外国书为主？

赵瑜：书榜有多种元素，但最主要的元素之一，是民众首选视角问题。比如同样是写中国近代历史中的某一个事件，国外的作者可能在创作时所受到的限制就比较少，可以更客观地逼近这段历史，使得他的书写更有价值。而类型文学作品的畅销，比如"哈利·波特"系列，因为电影等传媒的影响，很自然地会影响到系列作品的传播。外国书引进后占据中国图书销售的榜单，除了作品质量外，也会因为一些较大的图书公司花费较高版权费后而进行一系列的商业促销行为，从而导致了一些外国书进入中国图书榜有了利益因素。

2. 外国作家的书到底好在哪里？

赵瑜：以我喜欢读的外国小说为例，近年来，译林出版社，上海译文出版社，人民文学出版社，浙江文艺出版社和新经典文化、楚尘文化等公司大量译介出版欧美原创小说，并有了品牌效应。人民文学社的短经典，译林社的作家全集，成为中国文学青年追捧的作品。这其中有相当大的元素是这些国外作家的虚构类作品的确好。他们弥补了中国读者对叙述结构的天然不足，同时也提升了中国读者对于小说这个体裁的理解。可以这么说，在中国，1950年以后出生的写作者，无不大量阅读国外经典小说作品，在这阅读的过程中，我们的写作方式，切入故事的技术，甚至是择词用句的习惯都得到良好的改善。外国作家的书好在哪里？要具体说的话，可能要在这里写三千字以上。大概好在国外作家的高明上，他们有在日常生活中捕捉人性缺陷的能力。中国作家写故事，急着把故事讲完整，借助于故事的起伏告诉人们一点寓意。而国外作家并不在意故事的完整性，而是在意人性的完整性。这是他们的好处。

3. 是写作技术、思想、艺术抑或营销有道，或者一些国人过分地崇拜洋书有关？如果真好，我们该怎样学习、该怎样创造一种环境和条件去跟上？

赵瑜：中国小说写作，从鲁迅先生起，其实就是一个向西方学习的过程。鲁迅的小说结构基本是欧化的叙事，这源自他在日本时大量阅读日语翻译的外国文学作品。中国在 20 世纪 80 年代的时候，曾经出现过以格非、余华为代表的一批先锋作家，其实也是在叙事技巧上对西方小说的一次皮肤化学习。然而，进入 20 世纪 90 年代以后，以毕飞宇、迟子建为代表的一批"60 后"中国作家，深受欧美小说传统的影响，他们以几乎复制欧洲小说的叙述方式写了大量的中国故事，并且成为中国经典意义上的作家。"70 后"一代和"80 后"一代的小说作者，更是在阅读上占尽了便宜，可以说，中国当下小说创作的技术，基本上是以欧美小说技术为底色的创作。这已经大大地提高了中国小说叙事的质量。但是，并不能说，中国没有自己的小说传统，中国也是有的，只不过，在借鉴过西方小说经验后，再回到我们自己的传统里来时，我们会更加地轻盈，自如。

4. 我们反对一概而论，但我们如果对照外国作家的书，看看我们通常的弱点和缺陷也是好的。如果你有点滴体会，也请分享：你看到的我们的书的缺陷有哪些？

赵瑜：对比国外文学作品，中国作家的书写过于片面，粗糙。甚至在国外获奖的作家的作品，也有一些经不起细读。中国快速发展的这些年，给写作者提供了很多近身观察的机会，但是多数写作者受制于现实，写了很多远离常识的作品，这些作品贴时代太近，过不了几年再来看时，已经物是人非，连小说作者自己都羞愧于当时的认知。所以，我们的书的缺陷一是粗糙，二是对常识缺少深刻的观照。

5.我们的书有哪些优点？有哪些可能突破的地方？

赵瑜：我们的书也有很多优点，比如翻历史日记和野史类著作，还必须看中国人写的。至于说，我们还可以在哪些方面做出努力，我觉得是普世意义上的东西，我们要有。有一句话非常著名，是说写作的，越是民族的越是世界的。其实，这件事情有一个前提，那就是，这个民族特性里有很多普世的价值在里面，如果有反人类的东西在，不可能会被世界上其他国家所接受。所以说，我们的作家应该在写作时注意将地方文化中最细小的却又普世的东西写出来。

6.当然，书也分多类，有文学，有学术，有艺术，文学里又有通俗与严肃之分，乃至现在的小说，也有"文学小说"的叫法。我们的各类书该从外国书那里吸取哪些可操作的模板？不同类别的书怎样才能占有一些话语权？

赵瑜：中国的类型书中，儿童文学一直做得挺好的。郑渊洁和杨红樱一直是作家里的富翁，年纪再大一些的中学生，被郭敬明给收纳了。这些人的成功，其实就是读者群细分的成功。成功区分读者是获得成功的前提之一。但是在人文和社科领域，中国原创类作品很少能达到国外一些书的水平，这和中国的生活环境相关。即使是在当今的语境下，我们还是可以向国外学习一下，他们严肃文学的做法，比如《纽约客》杂志，是一个市场化和消费文化很强的杂志，却发表严肃的文学作品。让读者一边享受消费主义，一边可以进入一个云朵一样的文本里思考人生。中国的一些杂志比如财新集团的《新世纪周刊》和上海的《新民周刊》都在尝试这样的做法，只是他们因为版面的原因，不得不将一个很短的小说进行连载。这可能降低了读者的阅读兴趣。目前没有看出他们的努力有什么好的结果。但这样的尝试是值得赞美的，这些消费主义的杂志，在努力给自己的读者灌输有营养的东西，让他们思考的东西。而一旦这些中产阶级的消费群体有了思考的能力，那么，深度阅读的市场便容易打开了。

7. 外国的畅销书榜或好书榜通常是怎样一个结构？国内和国外的比例如何？

赵瑜：国外的畅销榜或好书榜的结构我看得不多，不熟悉。但国外的这些榜单的制作人，大多是非常挑剔的专业书评人或独立书评人，他们和出版机构无任何供养关系，所以他们制作的榜单在审美的独立性上相对可靠一些。而相比较之下，国内榜单和国外榜单在制作方式上存在很大的差异。所以，讨论国内好书榜时，首先要讨论的是，这个榜单的制作人是一群什么样的人，他们代表了什么样的审美公约数。这很重要。有了严格而独立的书评人当榜单评委，这样才会有一个相对公正可靠并让普通读者信任的读书榜单。

我们为什么要读小说？

我们生活在一个新闻更新速度超频的时代，每一天手机屏幕所提供的信息，足够一个正常人一周的时间来消化。

所以说，从资讯的角度来说，这不是一个适合深度阅读的时代。那么，我们为什么要读小说呢？

个人觉得，还是要了解一下小说与现实生活的关系。小说通常被认为是讲故事的，张家长李家短。当然，这只是小说的一种外壳。

而真相是，小说是大于日常生活的。张家长李家短固然可以成为小说，但是，小说和张家李家的长短相比较，多了一层故事以外的意味。那便是，除了告诉读者张家长李家短外，小说作者会让读者从故事中找到，"为什么"

张家长李家短。

如果说，新闻只告诉事件本身，甚至新闻只能无限地贴近一个事实的真相，那么，普通的新闻读者，永远停在真相的外围，时间久了，成为生活的无知者。而同样是描述一则新闻，小说则可以带领读者跳入事件的核心部分里，用逻辑推演，用细节还原，用人性支撑。在小说里，新闻的生硬消失，用逻辑建立起来的真相，会让读者大吃一惊——原来，我们所看到的新闻背后，竟然有如此惊心动魄的时代内幕。

小说负责将新闻没有说出的内容缝补，并完整地呈现时代逻辑与人性的曲线。读小说，其实，就是阅读世道人心。

中国一直以来，缺少技术层面的小说。一直到 20 世纪 20 年代初，鲁迅等现代文学的发起人，翻译国外小说作品，才有了中国当代文学的起点。

和现代文学所处的时代相比较，我们今天所生活的时代物质更为丰富，然而，人性却是相似的。所以说，只有小说可以冲破时代的约束，直抵人性永恒的地址。

小说大于日常生活，并给普通读者提供故事以外的思考空间，是小说阅读的第一个精神阶梯。此外，小说还是一个立体的空间。和新闻不同的是，小说是在一个非常具体的空间里，将整个新闻事件、世道人心来碰撞，并解决或释放矛盾。

是的，小说不只是线性的故事，还有复杂的建筑结构。小说就是一部纸上的电影，用人物、风物和故事来表达人性，表现社会运转过程中的瑕疵或暖意。

小说在中国当下渐渐小众化，这和纯文学阅读的市场萎缩有一定的关系。是的，大众阅读更多地趋向于打发时间，所以，心灵鸡汤类的文字才会有大的发行量和传播率。

然而，阅读是有阶梯的。随着一个人阅读数量的扩大，思维空间的重新搭建，人的阅读是渐渐地走向精神世界的深处和高处的。

这样说来，为什么要读小说，便显得容易回答了。因为，我们的精神生活渐渐地需要我们有更高的逻辑认知。读小说其实才是阅读时代的真相，才是和时代进行深度沟通。

有时，我的新书出版，会到一些书店做发布会，或者专题讲座。我会问大家一句，你们最近在读什么小说啊。是的，当读者说出他读的小说名字时，我便立即知道，他的阅读的段位。

并不是每一个人的一生都能自觉地去阅读小说，而当一个普通读者开始拿起卡尔维诺的小说的时候，我敢说，他已经有了审美上的自觉。

赵　瑜

2019.3.21　春分